光文社文庫

長編時代小説

仇討（あだうち）

吉原裏同心⒃

決定版

佐伯泰英

光　文　社

目次

第一章　新春の騒ぎ……11
第二章　初　舞　台……72
第三章　凧揚がる……133
第四章　仇討仕末……195
第五章　竹松の夢……256

新吉原廓内図

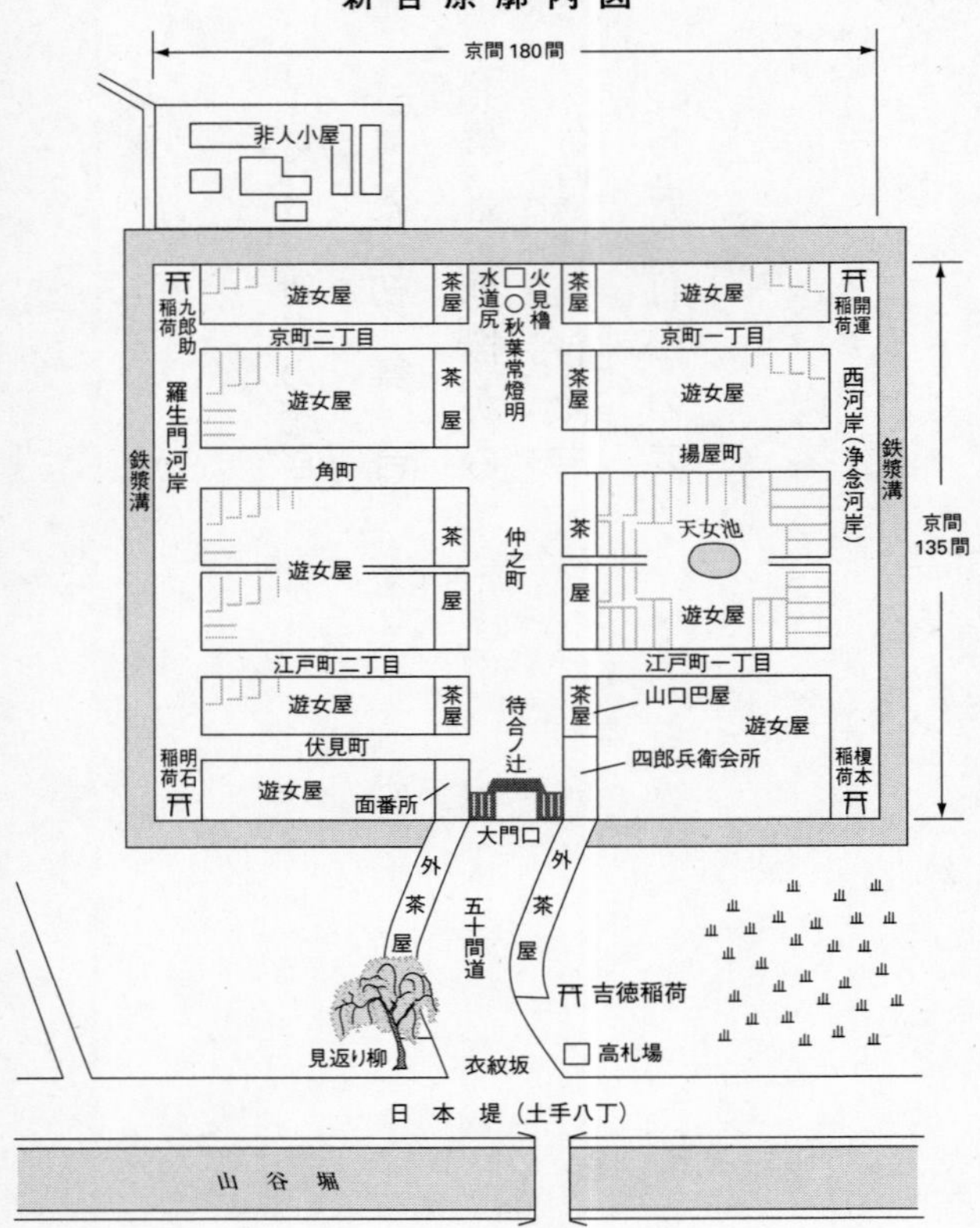

京間180間
京間135間
非人小屋
九郎助稲荷
遊女屋
茶屋
水道尻
火見櫓
秋葉常燈明
開運稲荷
京町二丁目
京町一丁目
羅生門河岸
西河岸(浄念河岸)
鉄漿溝
揚屋町
角町
仲之町
天女池
江戸町二丁目
江戸町一丁目
山口巴屋
待合ノ辻
伏見町
明石稲荷
榎本稲荷
四郎兵衛会所
面番所
大門口
外茶屋
五十間道
吉徳稲荷
高札場
見返り柳
衣紋坂
日本堤(土手八丁)
山谷堀

北
東
南
西
荒川
千住大橋
千住道
鐘ヶ淵
隅田川
三河島
田端
日暮里
駒込
谷中
小塚原
日本堤
金杉上町
新吉原
鷲神社
千駄木
白山
下谷
東叡山寛永寺
浅草寺
今戸町
山谷堀
今戸橋
根津権現
本郷
東本願寺
浅草花川戸町
御薬園
小石川
中堂
幡随院
広徳寺
阿部川町
吾妻橋
竹町ノ渡し
伝通院
不忍池
新堀川
田原町
三間町
並木町
駒形堂
菊坂町
池之端仲町
下谷広小路
御徒町
蔵前
春日町
湯島天神
水戸徳川家
北割
牛込
森田町
石原町
神田明神
外神田
向柳原
御米蔵
神田川
神楽坂
牛込御門
小石川御門
水道橋
天王町
浅草橋
柳橋
御竹蔵
番町
昌平橋
筋違御門
和泉橋
柳原土手
両国広小路
南割下水
市谷
田安御門
俎板橋
雉子橋御門
一ツ橋御門
内神田
馬喰町
両国橋
回向院
本所
市谷御門
清水御門
神田橋御門
小伝馬町
竪川
今川橋
日本橋
常盤橋御門
新大橋
北町奉行所
室町
小名木川
麹町
江戸城
江戸橋
仙台堀
深川
半蔵御門
呉服橋御門
日本橋
南茅場町
材木町
西之御丸
南町奉行所
組屋敷
八丁堀
永代橋
鍛治橋御門
京橋
霊岸島
富岡八幡宮
永田町
桜田御門
赤坂御門
石川島
数寄屋橋御門
西本願寺
越中島
山王日枝神社
新橋
築地
佃島
溜池
幸橋御門
汐留橋

『仇討』主な登場人物

神守幹次郎……豊後岡藩の馬廻り役だったが、幼馴染で納戸頭の妻になった汀女とともに逐電の後、江戸へ。吉原会所の七代目頭取・四郎兵衛と出会い、剣の腕と人柄を見込まれ、「吉原裏同心」となる。薩摩示現流と眼志流居合の遣い手。

汀女……幹次郎の妻女。豊後岡藩の納戸頭との理不尽な婚姻に苦しんでいたが、幹次郎と逐電、長い流浪の末、吉原へ流れつく。遊女たちの手習いの師匠を務め、また浅草の料理茶屋「山口巴屋」の商いを手伝っている。

四郎兵衛……吉原会所の七代目頭取。吉原の奉行ともいうべき存在で、江戸幕府の許しを得た「御免色里」を司っている。幹次郎と汀女を吉原に迎え入れた後見役。

仙右衛門……吉原会所の番方。四郎兵衛の右腕であり、幹次郎の信頼する友。

玉藻……四郎兵衛の娘。仲之町の引手茶屋「山口巴屋」の女将。

三浦屋四郎左衛門……大見世・三浦屋の楼主。吉原五丁町の総名主にして四郎兵衛の盟友であり、ともに吉原を支える。

薄墨太夫……吉原で人気絶頂、大見世・三浦屋の花魁。吉原炎上の際に幹次郎に助け出され、その後、幹次郎のことを思い続けている。幹次郎の妻・汀女とは姉妹のように親しい。

身代わりの左吉……罪を犯した者の身代わりで牢に入る稼業を生業とする。裏社会に顔の利く幹次郎の友。

村崎季光……南町奉行所隠密廻り同心。吉原にある面番所に詰めている。

柴田相庵……浅草山谷町にある診療所の医者。お芳の父親ともいえる存在。

お芳……柴田相庵の診療所の助手。仙右衛門とは幼馴染の間柄。

政吉……会所の息のかかった船宿牡丹屋の老練な船頭。

仇討(あだうち)——吉原裏同心(16)

第一章　新春の騒ぎ

一

仙右衛門は珍しく除夜の鐘を吉原廓外で聞くことになった。お芳と一緒になって、柴田相庵の診療所の敷地に用意された離れ屋での暮らしを始めたからだ。

幼馴染のふたりの祝言は、十日前に料理茶屋山口巴屋で催された。

かたちばかりの仲人を神守幹次郎と汀女の夫婦が務め、仙右衛門の親代わりに吉原会所七代目の四郎兵衛が、お芳の養い親に柴田相庵がなり、参列者は料理茶屋の女将にして四郎兵衛の娘の玉藻、会所の小頭の長吉、それに五丁町総名主の三浦屋四郎左衛門、さらに花魁の薄墨太夫が華を添え、内々ながらなかなか和やかで温かな祝言が執り行われた。

あの宵からあっという間に十日が過ぎた。

座敷に敷かれた布団から鼾が聞こえた。

ふたりの養父となった相庵が響かせる、なんとも幸せそうな音だった。

相庵は診療所にある自室で休むのだが、今宵は大つごもりの夜ということで夕餉を共にし、酒を三人で酌み合った。わずかな酒に酔った相庵が診療所に戻ると言うのをお芳が、

「今晩くらい私たちの離れ屋に泊まったっていいじゃありませんか。この離れは元々先生の隠居所として普請されたもの、施主が一夜も泊まらないのは可笑しゅうございましょ」

と言って強引に夫婦の寝間の隣に布団を敷きのべたのだ。

「お芳、そろそろ浅草寺の鐘が鳴り響く刻限じゃないか」

「おや、そんな時刻ですか」

台所からお節料理を拵えながらお芳の声が応じた。仙右衛門は囲炉裏の火に薪をくべながら、

「これまでも御用で年の瀬を外で過ごさなかったわけじゃない。だが、こうしてよそ様の家で過ごすなんてなんだか、妙な気分だぜ」

「兄さん、いつまで同じことを繰り返しているんですね。この家が兄さんと芳の家にございますよ」

姉さん被りをしたお芳が膾を作りながら笑った。

「どうもまだ慣れねえや。おれにとって、鉄漿溝に囲まれた廓内が暮らしのすべてだった。それがお芳と夫婦になって相庵先生の離れ屋に暮らすようになったものの、八畳間に六畳間と二間も畳の間があって、囲炉裏が切り込まれた板の間に縁側まである。なんだか大名屋敷に住んだような豪儀な気分だぜ」

「私たちに子が生まれればこの家も狭くなるかもしれませんよ」

「えっ、子が生まれるのか」

「兄さん、私どもはわずか十日前に祝言を挙げた夫婦ですよ。そう容易く懐妊するものですか」

「そうだな、おれたちには下野に旅する大仕事が控えているものな。子が生まれるのは大仕事が終わってからでよかろう」

仙右衛門が呟き、

「相庵先生を独り残して大丈夫かね」

と養父となった相庵のことを案じて、鼾の主を見た。

そのとき、除夜の鐘のひとつ目が殷々と浅草山谷界隈に鳴り響いた。

「寛政元年（一七八九）の年の瀬か」

囲炉裏端で仙右衛門がしみじみとした声を漏らし、広い板の間の一角で料理の手を休めたお芳が、浅草寺から伝わってくる鐘の音にじいっと耳を傾けた。

鼾が止まって、寝床から相庵が顔を覗かせ、

「なんだ、お芳の家に邪魔をしていたか」

と言うとごそごそと囲炉裏端に這い出してきた。

「先生、酒を呑み直すかい」

「酒はいい。お芳、茶をくれないか」

と相庵が乞うと、頷いたお芳が、

「年越しの蕎麦がまだでしたよ。仕度はできていますからちょいと待ってくださいね」

と言い、

「ならば蕎麦を茹でるのに湯がいるだろう」

身軽に立ち上がった仙右衛門が囲炉裏の自在鉤の南部鉄瓶を下ろして、お芳のところへ運び、すでに調理してあった汁の鍋を代わりに自在鉤にかけた。

ふたりの様子を相庵がにこにこと見ていた。

「最初からなんとも息が合った夫婦だな」

「夫婦になったばかりとは思えませんか、先生」

「そういうわけじゃないがね」

「私たち、物心ついたときから兄妹のように育ちましたからね、だから、お互いのことは」

「分かるというのか、お芳」

「はい、初々しくなくてすみませんね」

相庵はなにかを言いかけたが、口にはしなかった。一気に倅と娘ができて、この充実した安堵感に包まれる幸せを密かに味わいたかったからだ。が、ついに漏らした。

「夫婦とはいいもんだな」

「変な先生」

お芳が言い、

「浅草寺に初詣に行くか」

と相庵が突然言い出した。

「えっ、先生が初詣だなんて。これまで、なぜ好き好んで人込みに揉まれに行くのだと嫌っておいでではありませんでしたか」

「お芳、そりゃよ、独り者がすねていただけだ。芝居見物だろうが料理屋だろうが独りで行ってもつまらん」

「なんだ、他人様に焼き餅やいて、そんなことを仰っていたんですか」

「おお、そうだ。今年はこうして身内ができたんだ。地元の寺参りくらいして挨拶をしておかんと神様仏様にも義理が悪かろう」

ふっふっふ、とお芳と仙右衛門が笑った。

「おまえら、笑い方まで似ておるのう。行きたくないか」

「だれが行きたくないなどと申しました。三人して浅草寺から鷲神社だなんて、この界隈の連中が腰を抜かすように派手に繰り出しましょうぜ」

と仙右衛門が答えたところで、

「兄さん、汁の鍋を持ってきて」

とお芳が命じた。

除夜の鐘を聞きながら三人で年越し蕎麦を啜った。

しみじみとした年の瀬であった。

お芳の体の中に温もりが広がった。

(蕎麦を食べたせいだ)

と思いながら、

(いや、これが親子の、家の中の温もりというものだわ)

と思い直して、ふっふっふと笑った。それをふたりの男が見て、

「なにがおかしい」

と亭主が尋ねたものだ。

一軒の礼でふさがる仲之町

吉原の元日は妓楼の大広間に全員が揃って雑煮で祝い、新年を迎えた。吉原の老舗三浦屋などではこの雑煮を、

「羹」と呼んだ。

羹とは肉、野菜を煮た吸い物を指す。ゆえに老舗の妓楼では雑煮を古式通りに羹と呼ばせた。

そして、遊女の年礼は正月二日、見世の格に従い、楼主が作ってくれた小袖に

身を包み、贔屓の茶屋を回って寿を賀す。その他、二日には年の瀬に仕舞いをつけてくれた上客を買い初めの客として迎える仕来たりがあった。それに先立って花魁は禿を従えて、大羽子板を男衆に持たせて七軒茶屋など贔屓の茶屋へ挨拶廻りをして歩く。そして、大黒舞など門付芸人が仲之町や五丁町で新春を祝うめでたい芸を披露して、これを見物がてらそろそろ屠蘇とお節料理に飽き始めた遊客が大門を潜り、賑やかになる。

いや、話を元日に戻す。

柴田相庵一家は元日の四つ半（午前十一時）時分に診療所を出て、山谷堀を新鳥越橋で渡り、寺町を抜けて浅草寺に向かった。

馬道に入ると初詣の人出にごった返していた。

「ほうほう、正月の初参りは込むとは聞いていたが、なかなかの人出じゃな」

と相庵が感に堪えたような声を張り上げた。

「この歳にして初詣の人の群れに揉まれるとはな、長生きはしてみるもんだ」

「戻るかえ、先生」

と仙右衛門が訊いた。

「せっかく仕来たりを破って初詣を試そうと出てきたのだ、観音様にお礼を申していこう」

ならば、と仙右衛門が随身門にお芳と相庵を導こうとすると、

「番方、脇門から入るなんぞは験が悪い。どうせなら柴田相庵、初詣は雷御門から詣でたい」

と相庵が人込みを掻き分けて、馬道から大きく回り込み、広小路に向かう様子を見せた。

仙右衛門が、えっ、と驚きの顔でお芳を顧みた。

「こんなときの先生を止めてもだめよ。なにがなんでも突き進んで、他人の言うことなど耳を貸さないから」

「仕方ねえ。お芳、先生の姿を見失うぜ」

ふたりは慌てて小柄な相庵の消えた人込みを掻き分けて先に進んだ。

「年寄りめ、意外と機敏だぞ、姿がねえ」

大人だ、迷子になるとも思えない。それでも仙右衛門は必死でお芳の手を引き、相庵を追いかけた。

ふたりが晴着の裾を乱して、這う這うの体で雷御門に辿りついてみると、門前は立錐の余地もない有様で、

「お芳、先生を探すのは無理だ」

と仙右衛門が嘆いた。

そのとき、お芳が門を入って直ぐの右に位置する鹿島明神智光院の中二階を見上げた。仙右衛門がお芳の眼差しを追うと、中二階の格子窓から涼しげな顔をした相庵がふたりに手を振っていた。

「呆れた爺様じゃな」

「先生は兄さんよりこの界隈に滅法詳しいの。だれとも知り合いだし、子供のころから路地やら他人様の家を通り抜けて、智光院だろうがどこのお寺様だろうが上がり込んでいたのよ」

「おれが廓内の蜘蛛道に詳しいように浅草寺界隈は先生の縄張りうちか」

「そういうこと」

とふたりが言い合うところに相庵が姿を見せた。

「遅かったな」

「正月早々、倅と娘を驚かして面白いですか。番方が呆れて吉原に帰ったらどうします」

「なに、仙右衛門がそのようなことを言うたか。まあ、帰ったら帰ったで会所の七代目に追い返されるわ」

と平然と聞き流した相庵が、

「よし、これからが大事じゃぞ。わしの後ろ帯をしっかりと掴んでおれ」

と自ら先頭に立ち、

「どなた様も新年おめでとうございますな。ささっ、年寄りが通りますでな、道を少々お空けくださいな」

と言いながらぐいぐいと人込みの間を縫って仲見世を抜け、仁王門を潜って、もうもうと線香の煙が立つ大香炉に近づくと、

「ほれ、お芳、煙でしっかりと体じゅうを清めてな、丈夫な子をたくさん産め」

と手で煙を掬っては体にかけた。

互いの体を清めた三人はこれまでにも増して凄まじい人込みに押され押されしながらも階を上がり、賽銭を投げ込んで、一年の無病息災を願って、本堂の脇から回廊に出た。すると、

「番方、ご一家で初詣かえ」

と声をかけてきた男衆がいた。

浅草寺界隈を縄張りにする町火消、十番組と組の小頭布次だ。

「と組の布次さんか、ご苦労だな。今年は日和もいいや、例年に増して人出が多いな」

「去年の一、二割増しとみたね。その割には騒ぎもなくてなによりの初詣だ」

と答えた小頭が、

「相庵先生、その歳でこんなに大きな子がふたりも増えるってのはどんな気持ちですね」

「その歳で、だけは余計じゃ、いつもなら怒鳴り回すところじゃが、本日は元日、おめでとうと年賀を言うておこう」

「先を越された。おめでとうございますな」

「小頭、最前の話じゃが悪い気持ちはせぬな」

「本日の先生は素直でいいや。今年もよろしく頼みますぜ」

「火事場で怪我をするのなら致し方ない、酔っ払って喧嘩騒ぎでの怪我は断わるぞ」

「そう言わないでくださいな。若いもんが二百人からいるんだ。いくら言い聞かせたって、ひと騒ぎやらかしやがる」

「まあ、小頭も苦労が絶えんな」

三人が警戒に当たる布次と別れて境内に下りると、

「相庵先生、番方、お芳さん、明けましておめでとうございます」

と神守幹次郎の声がして、傍らに汀女と玉藻がいた。

「おや、神守様方も初詣にございますか」

と番方が応じて、

「年の瀬は仙右衛門とお芳の祝言で三人にはいかいい世話をかけ申した。ふたりのことじゃが今後ともよろしくな」

相庵が挨拶して、汀女と玉藻が顔を見合わせた。

「なんともお幸せそうなお顔ですこと」

「相庵先生、すっかり夫婦の親が板についておられます」

と女ふたりに言われた相庵は、

「ふたりして歳はそれなりに食っておるのだが、自分の役目以外のことはなにも知らぬでな。こうしてわしが諸々出しゃばっておるところだ」

と答え、お芳が、
ふうっ
と大きな溜息を吐いた。

「お芳、なんぞ不満か」

「いえ、不満などございません。診療所でも一緒、その上、養父にまでなっていただいて、お芳はこの上ない幸せ者にございます」

「じゃろうてじゃろうて」

と相庵が満足げに頷いたとき、

「こら、元日から他人様の持ち物を引っ手繰りやがって、待ちやがれ！」

という大音声が浅草寺境内に響き渡った。

神守幹次郎らが振り向くと、と組の小頭布次が回廊から怒鳴っていた。

その眼前で回廊から飛び下りた三人組がいた。

ひとりは年寄りから奪い取ったか、合切袋の紐をくるくると自分の手首に巻き、遠巻きにする参拝を終えた晴着の人々を睨み回すと、懐から匕首を抜き出し、

「どけどけ、どかねえと匕首でどてっ腹を抉るぜ」

と威嚇しながら幹次郎らのほうへ走ってきた。

「こら、悪たれどもが、元日というに他人様の持ち物を奪うとは不届き者が！」

布次に呼応して大声で叫んだのは柴田相庵だ。叫んだばかりか、三人の前に進

み出ると、

「奪ったものをこの場に出せ」

と命じたものだ。

「爺、怪我したいか、正月だぜ、医者も休みだぜ」

合切袋を持った若い男が鼻先でせせら笑った。

小伝馬町の牢屋敷の雰囲気など一度たりとも経験したことのない若い面構えの三人組だった。

「そなたら、この界隈を知らぬな。医者はおる、案じるな」

「医者がいるだと」

「おお、わしが医者の柴田相庵じゃ」

と応じる相庵に、

「おお、相庵先生、悪たれどもに負けるな！」

「先生にはよ、吉原会所がついているからよ」

と初詣の客が無責任にも相庵を嗾けた。

「面白いや、医者の爺はてめえでてめえの傷を治療するとよ。試してやろうじゃねえか」

と男は合切袋を手首からくるくる回して緩め、仲間に投げ渡すと、匕首を構えて、相庵に突きかかろうとした。

「てめえらの相手は吉原会所の仙右衛門だ」

まず仙右衛門が名乗りを上げ、会所の裏返しに着た長半纏を脱ぐと襟首を摑んで片手に持った。仙右衛門の長半纏は刺子になっており、束ねるとそれなりに重く、さらに両裾の端っこには鉄片が縫い込まれてあった。

「同じく神守幹次郎」

と幹次郎が名乗りを上げて、野次馬に変わった初詣客が、

「よう、番方、お芳さんのためにいいとこ見せねえ」

「裏同心の旦那、この場は番方に華を持たせねえ」

とやんやと囃し立てた。

「ちくしょう！」

罵り声を上げた三人組が匕首を翳して、仙右衛門と幹次郎に襲いかかってきた。

仙右衛門の長半纏が虚空に振られ、幹次郎の白扇が躍って、襲いかかってきた悪三人組の顔を打ち、喉を突き上げ、腰を叩いてその場に次々に転がした。とそ

こへ、

「番方、お手柄だ」

と、と組の小頭布次が歩み寄ってきて、

「お手柄も糸瓜もあるものか、物を知らない若造どもよ。ほれ、どなたの合切袋かな」

と仙右衛門が言ってその場に倒された三人組のひとりから奪い返して、頭上に差し上げると、

「わ、私の身上が入った合切袋だよ」

回廊から婆様が喜びの声を上げた。

二

半刻（一時間）後、玉藻に誘われて料理茶屋山口巴屋の座敷に幹次郎らは落ち着いていた。さすがに料理茶屋も元日は休みで、一階の座敷に職人が年の瀬に拵えたお節料理が並び、改めて新年を賀して酒を酌み交わすことになった。

「新年から料理茶屋の座敷で酒をいただくか、今年は悪い年ではなさそうだ」

柴田相庵は忙しい毎日から一時だけ解放されて、玉藻や汀女ら女連から酒を注がれてなんとも嬉しそうに顔をほころばせた。

「先生には師走から慶賀続きにございますね」

「なにか悦ばしいことがあったかな、神守様や」

と幹次郎の問いにとぼける相庵に、

「先生ったら、私たちが養子養女になったのはご不満」

とお芳が尋ねた。

「もはや仙右衛門とお芳がうちに入ったのは織り込み済みのことよ。あとはさ、わしが生きておる間に子が四、五人できると診療所も賑やかになるのじゃがな」

相庵が注文をつけた。

「まあ、一時に四人も五人も子を産めるものですか」

「診療所なんてところは、そなたも知るように怪我人は別にして、年寄りの集いの場だ。爺さん婆さんが佃煮にするほど押しかけてきよる。子供の愛らしい声が響くほうが、患者もどれほど心が和むか、そうは思わぬか、お芳」

「それはそうですけどね」

「相庵先生、わっしも十八、九じゃねえんだ、そう若くはねえ。いきなりな、子供をなんとかしろと言われても、手妻使いじゃねえんだからね」

と仙右衛門が苦笑いした。

「いえ、仙右衛門さんもお芳さんもまだまだ若うございますよ。日光の先祖の墓参り道中で、温泉にでも立ち寄られたら、きっと相庵先生の願いも叶えられましょう」

「汀女先生、温泉ですか。私、湯治なんて夢にも考えなかった。日光付近に湯治場がございましょうか」

「あるある、少し足を延ばせば鬼怒川、川治、塩原と名高い湯治場が控えておるわ。お芳、必ずや汀女先生のお考え、実行してこい」

「相庵先生、わっしらは先祖の墓参に行くだけだ。用事が終わればさっさと江戸に戻らねば、仕事を失いかねない」

「七代目がそのようなむごい仕打ちをなさるものか。なにも何年も湯治に行ってこいという話ではないわ。湯治は七日がひと巡りだ。七日間、湯に浸かったり出たりして、なすことを致さば懐妊する」

と相庵が酒の入った勢いで、いささか夫婦の微妙なことにまで立ち入った。

「番方、会所に勤めて何年に相なりますな」

幹次郎が話柄を変えた。

「神守様までわっしらを湯治場に押し込めようという話ですかえ。十四、五で吉原会所の見習い奉公に入りましたからね、かれこれ二十年ですよ」

「ならばこの辺で骨休めするのも悪くない話ではござらぬか。番方が留守の間は小頭の長吉どのを中心にそれがしも精を出して御用を務めるで、ぜひそうなされ。子が生まれたあとでは湯治なんて及びもつくまいからな」

「神守様もそんなことを」

と言った仙右衛門がお芳と顔を見合わせた。

「よし、わしからも七代目に願っておこう」

相庵が悦に入り、

「番方、お芳さん、皆にかまわれるときが華よ、ぜひそうなさい。私からもお父つぁんに願っておくわ」

と玉藻にまで言われて、相庵の押しで湯治行がなんとなく決まった。それでも仙右衛門は、

「うーむ、湯治なんて年寄りが行くものとばかり思うておりましたが、わが身に降りかかるとはな」

とまるで災難に遭ったような顔で判然としないふうだ。そして、玉藻がなにかを思いついたように言い出した。

「あ、そうそう、客から噂を聞きましたが、神守様、出刃打ちの紫光太夫と正月の舞台を務めるそうですね」

「さすがに玉藻さんは早耳だな。暮れのことだ、長屋に太夫と見世物小屋の座元が揃って参られて、ぜひ正月の景気づけに舞台に登場願いたいと申し出られたのはたしかです。夜嵐の参次の飛び道具に対抗するために紫光太夫から秘伝の技を教えられた恩義もあり、その折り、約定もございましてな、うんと受けざるを得なかったのですよ」

と幹次郎が困惑の体で答えた。

「汀女先生もご存じの話なんですね」

「はい、幹どのが言われたように長屋にお見えになりましたから」

「紫光太夫は奥山でぴか一の美形なんですってね」

と玉藻が言い出した。

「奥山の出刃打ち達人といわれるから、それなりの歳のお方かと勝手に想像していましたが、なんのなんの二十四、五の綺麗なお方ですよ」

「汀女先生、わっしより神守様のほうが心配ではございませんか」

「おや、番方、なんぞ幹どのが舞台に立つことに懸念がございますか」

「いえ、神守様は剣術の達人だ、出刃打ちで舞台に立つことは懸念ではございませんや。さりながら、神守様には女に惚れられる癖がございますでな。奥山で紫光太夫と神守様の噂なんぞが流れるとことですぜ」

「番方、そのようなことはございますまい」

と汀女がおっとりとした口調で笑い、

「いえ、すでによからぬ噂が奥山界隈に流れているそうですよ」

玉藻も案じ顔で言った。

「おやおや、幹どの、覚えがございますか」

「姉様、太夫から挨拶を受けて、うちのがなんぞ役に立つのならばどうぞと言ったのは姉様じゃぞ」

「夜嵐の参次の一件もございましたから、太夫にはお礼をせねば義理を欠きましようしな」

「そういうことだ。それよりそれがしが舞台に立ってなにができるかな。でくの坊のように突っ立っているだけで、正月の客が許してくれようか。こちらのほうがなんぼか心配だ」

「舞台に立つのはいつのことで」

「それがな、明後日が初舞台なのだ。七代目に相談して許しをもらい、昼の部の三日間ほど舞台で恥を晒すことになった」

正月二日は吉原にとっても大事な初買いだし、松の内には廓の正月らしい光景が繰り広げられるが、こんな折りには掏摸も出れば、酔っ払いの小競り合いも頻々として起こる。

年初めは吉原会所にとっても多忙な時節だ。

だが、幹次郎から話を聞いた四郎兵衛は、

「吉原と浅草は一心同体、過日はうちが助けられたのです。紫光太夫も松の内の客寄せを考えあぐねてのことでしょう。手伝っておやりなされ」

と即座に許しを与えたのだ。そんな経緯があって、正月三日から三日間の出刃打ちに幹次郎が出演することが決まったのだ。

「こりゃ、大変だ。見物に行かなきゃあ」

と仙右衛門が言った。

「番方、太夫にも重ねて釘を刺しておいた。吉原で大事が起こったときには舞台の日程をずらすという約束です」

「神守様が舞台に立つなら吉原ではなにもないということだ。それに昼間なら吉原からも見物に押しかける人が大勢いますぜ」

「やめてくれぬか、番方。それがし、上気して出刃打ちを間違えたらえらいことだ」

と幹次郎は本気で心配した。

「まあ、紫光太夫も神守幹次郎様なれば間違いはないと思っての依頼ですよ。玉藻さん、汀女先生、わっしらと一緒に見物に参りませんか」

「身内ばかりが目立ってはどうでしょうね。私はやめておきましょう」

汀女が即座に答えたので、玉藻もお芳も首を横に振った。

「なんだ、わっしだけか。それもつまらぬな。そうだ、松の内くらいせっせと働かぬと、墓参にも行けませぬ。神守様の出刃打ち見物はこの次にします」

「番方、この次もなにも義理を果たすのだ、一度でよかろう」

と幹次郎が答えたとき、新春元日の夕暮れが浅草界隈に訪れようとしていた。

翌未明、幹次郎は下谷山崎町の香取神道流の津島傳兵衛道場に出向き、初稽古に参加した。津島道場から新春稽古の誘いを受けていたからだ。

幹次郎が道場に着いたのは七つ半（午前五時）過ぎだった。

だが、すでに道場には灯りが点り、武骨な剣術道場にも松飾りが見え、見所には鏡餅が飾られて、新春の雰囲気が漂っていた。

幹次郎は汀女に持たされた真新しい稽古着に着替えて道場に立つと、津島傳兵衛や師範の花村栄三郎らと新年の挨拶を交わした。

正月ゆえ人数もそう多くはあるまいと思っていたが、なかなか盛況で五、六十人が初稽古に顔を見せていた。

「神守様、おめでとうございます」

と若い声がして振り向くと重田勝也が、

「それがし、年頭に当たり願をかけました。今年こそ津島先生より目録なりとも授けられたいと考え、去年以上の猛稽古に励みます。まず年初めに神守様のご指導をお願い申します」

と挨拶して、願った。

勝也は津島道場の若弟子だ。まだ目録などとても及びもつかない技量だが本人は真剣だ。

「お願い申しましょう」

と幹次郎も挨拶して、竹刀を構え合った。

「うむ」

その瞬間、幹次郎は小首を傾げた。

なんとなく構えがいつもの勝也とは異なり、なよっとしていた。

「どうなされた、なんぞござったか」

幹次郎がいったん竹刀を下ろして、勝也に尋ねた。

「どうしたとはどういうことです、神守様」

「構えがいつもと違うように思えるが」

「ああ、これですか。いささか武芸研究を致しまして、元禄期に女形流剣術が隆盛を極めたことを知りました。女形流、見かけは強そうに思えませぬ。それが対戦者を油断させて、勝ちを得るそうです。それがし、あちらこちらの芝居小屋を覗き、女形流を取り入れることに致しました」

「ほう、それは」

と幹次郎が二の句を継げられないでいると、師範の花村が、

「神守様、なにを勘違いしたか勝也め、奇妙な妄念に取り憑かれたようです。傳

兵衛先生は遠回りも修行のひとつと申されるのですが、なにせこの構え、だれも相手をしないのです。よい機会です、神守様、こやつの頭に巣くう馬鹿げた考えを叩き出してくだされ。ええ、足の一本や二本、折れたところで親御にはかくかくしかじかで倅どのの頭に宿った悪しき考えを正すためと伝えてありますから、遠慮なさらずに存分に」

と苦々しく命じたものだ。

「師範、それがし、津島道場の居候のような身分にござる、さようなことができましょうか」

「神守どの、かまわぬ。その構えを最前から見ておると吐き気が致すでな、邪な考えは叩きのめしてくだされ」

津島傳兵衛道場の客分の愛洲五郎兵衛も見所から口を添えた。

「困りましたな」

幹次郎は重田勝也を見た。すると勝也が嫣然とした笑みを四角い顔に浮かべて、

「神守先生、稽古をしましょ」

と誘いかけた。

「よし」

と気合を入れ直した幹次郎は、正眼（せいがん）の構えに戻した。

「女形流の秘技、見せてくれぬか」

「あーい」

と返事をした勝也が正眼の構えをなよなよとした動作で八双（はっそう）に移した。

そのなよっとした半身の構えと勝也のいささか小太りの体とが相容（い）れず、なんとも妖（あや）しげな雰囲気を漂わしていた。

(師範の申されることも一理ある)

と悟った幹次郎は声を発した。

「参られよ」

「あーい」

と返事をした勝也が、

「女形流秘剣、袈裟（けさ）がけ」

と宣告して内股（うちまた）で踏み込んできた。

八双の竹刀が幹次郎の肩に伸ばされようとした瞬間、幹次郎の竹刀が勝也の小手（こて）を軽く叩いて、竹刀を飛ばしていた。

「あれっ」

「重田勝也、竹刀をしっかりと保持してかかってこられよ」

「はっ、はーい」

転がった竹刀を拾った勝也が、参りまーすと言いながらふたたび攻め込んできた。

幹次郎は勝也の竹刀を弾くと、一転面から胴を抜き、さらに小手にと手加減しながら、間断のない攻撃を仕掛けた。

最初こそ勝也が必死で防戦の構えを見せていたが、そのうち、棒立ちになり、幹次郎の攻めをただ受けるだけになった。

幹次郎は十分に手加減しつつ勝也の体を連打して、倒れ込むことも逃げ出すことも許さなかった。

今や津島道場の全員が幹次郎の容赦ない攻めを見ていた。

視点の定まらない勝也の顔に恐怖が宿った。

次の瞬間、幹次郎がふわりと後ろに跳び下がり、間合を空けた。

ゆらり
と勝也の体が床に倒れ込もうとした。

「まだ早うござる」

と命じた幹次郎が竹刀を上段に上げると、

きええっ！

と怪鳥の夜鳴きのような奇声を肚から絞り出し、ゆらゆらと揺れながらも立つ重田勝也へと間合を詰め、虚空に飛び上がった。

津島傳兵衛道場の天井は高かった。

幹次郎はその天井に向かって上段に構えた竹刀が触れなんとする高みに飛翔すると、

ちぇーすと！

と薩摩示現流の独特の気合が口を衝き、それが津島道場の建物をゆらゆらと揺らした。

幹次郎の体が下降に移ると同時に竹刀が立ち竦む重田勝也の脳天目がけて、一気に振り下ろされた。

「あああ！」

という悲鳴が若い門弟から上がった。

勝也は虚空から襲いかかる幹次郎の動きをなす術もなく目を見開いてただ見ていた。

その額を竹刀が寸止めに襲い、勝也の体が崩れ落ちるように横倒しになった。

津島道場は森閑として静寂に包まれた。

幹次郎が片膝をついて床に着地した。間を置いて道場主の津島傳兵衛に、

「騒がせ申しました」

と詫びた。

ふっふっふ
と含み笑いした傳兵衛が、

「神守幹次郎どのの神髄の一端、見せてもろうた。示現流の太刀風の凄み、寸止めの至芸、東国の武芸には見当たらぬものじゃ。今ごろ、重田勝也め、夢でも見ているであろう」

と笑った。そして、

「勝也を井戸端に連れていき、目を覚まさせよ」

と門弟らに命じた。

はっ、と畏まった仲間たちが意識を失った勝也を道場から運び出した。

「薩摩示現流、それがし、初めて拝見した。傳兵衛どの、そら恐ろしき剣術よのう」

と見所の愛洲五郎兵衛が呻くように呟いた。

「五郎兵衛どの、薩摩示現流もさることながら、神守幹次郎どのの剣技が凄いのでございますよ」

と傳兵衛が応じたものだ。

三

吉原にとって一年の始まりの初買いの日、吉原会所も面番所もてんてこまいの大忙しだった。

花魁が禿や男衆を連れて、仲之町をそぞろ歩き、贔屓の引手茶屋に挨拶して回り、大黒舞が賑やかに新年の賀を祝して、素見を含めた遊客が大勢昼見世から詰めかける中、十四、五と思える悪童連がふたり、三人と組になり、走り寄りざまにいきなり花魁の髷から櫛笄を抜き、張見世を覗き込んで遊女に目を奪われる客を囲んで、懐中物を奪う騒ぎが頻発したからだ。

幹次郎らは会所に寄せられた苦情から即座に大門に見張りを立て、その連中が廓の外に逃げないように面番所の南町奉行所隠密廻り同心村崎季光らと一緒に眼を光らせた。

吉原で騒ぐ若い連中はひと組だけではなかった。会所や面番所に寄せられた訴えはいくつも重なった。

「わちきは京一の角で鼈甲の櫛を抜かれたでありんす」

と花魁が訴える傍から、

「おれは伏見町の中ほどでいきなり三人に囲まれて財布を抜かれたぜ。いくら正月とはいえ、吉原会所は祝い酒に酔い食らっているんじゃないか。しっかりしねえな」

「私は手拭いで吉原被りをした若い連中に突き倒されたかと思ったら、手首に下げた巾着袋を奪われましたよ」

といちどきに三つも訴えが重なり、それが時を置いて繰り返された。

番方の仙右衛門は会所の若い衆を総動員して警戒に当たらせ、十四、五歳と思しき連中が大門を出ようとするのを会所に呼んで持ち物を調べさせた。だが、なにも持っていなかった。そのうち、新手の訴えがあったり、大門から別の連中が出ようとして、

「吉原ってとこは、正月の景気づけに訪ねた客の身ぐるみ剝いで人前で取り調べ

をするようなとこなのか。おう、隠密廻り同心の旦那、さあっ、やってくんな、おれは他人様の財布なんぞ持ってねえぞ」

と居直り、ぞろりとした絹物の袷を肩脱ぎにして、見物の客から歓声が沸くのに気をよくしたか、調子に乗った仲間までが野次馬を煽り立てるように赤い褌ひとつになってみせた。

幹次郎と金次は、仲之町を年賀に歩く花魁の頭の飾りを抜き取ったふたり組が切見世(局見世)が連なる羅生門河岸に逃げ込んだのを追っていた。

若いふたりは吉原を熟知していて、初買いの客を突き飛ばすようにして逃げていく。

「金次どの、九郎助稲荷へ表から先行してくれ」

と願った幹次郎は、

「吉原会所の者だ、道を空けてくれぬか」

と客に呼びかけながら先へと進んだ。

羅生門河岸が途切れる木戸の向こうに幹次郎は、逃げたふたり組の姿を見つけていた。

ふたりは吉原被りの手拭いを解いて、花魁や客から奪ったものを懐から出して

包み込み、

「そうれ、一、二、三、受け取りな」

と高塀と鉄漿溝を越えた廓外へと投げようとした。おそらく鉄漿溝の向こうに仲間が待ち受けているのだろう。

幹次郎は木戸の敷居を静かに跨いだ。帯に挟んでいた小出刃を白木の鞘ごと抜き、若者の腕を目がけて投げた。

紫光太夫の誘いで舞台に立つために稽古を続けてきた出刃打ちだ。狙い違わず、柄が若者の腕に当たって手拭いに包まれたものが地べたに落ちた。革の財布と櫛が手拭いから覗いた。

「なにしやがる！」

とひょろりと背の高い若者が幹次郎を睨み、その仲間が幹次郎の投げた小出刃を拾うと白木の鞘から抜いて、逆手に持って構えた。

「なにをするとはこちらが言う台詞じゃ。ようも初買いの大事な日に吉原を引っ掻き回し、面番所や会所の面目を潰してくれたな」

「おめえか、鳥屋の玄次兄いを番屋送りにした吉原の用心棒というのは」

と小出刃が当たった腕を撫でながら、ひょろりと長身の若者が幹次郎を睨んだ。

「用心棒ではない。巷で裏同心と呼ばれておる」

「ふうーん」

鼻で返事をした若者は、怖いもの知らずの年齢だった。尖った目が巧妙に動き、

「丈、用心棒だか、裏同心だかを突き殺してずらかるぜ」

と仲間に呼びかけ、袷の懐から匕首を抜いて構えた。

「やめておけ、怪我をするだけだ」

「抜かせ」

とひょろり若造が幹次郎に吐き捨てたとき、

「幾三兄い、会所の若い野郎が来やがった」

と金次がふたりの背面を塞いだことを仲間が震える声で伝えた。

「丈、おたおたするねえ。ふたりを痛めつけてとんずらすりゃいいことよ」

幾三と呼ばれたひょろり若造が言い、匕首を持った手に唾を吐きかけ、幹次郎の顔に向かって突きかけてきた。

武術の心得があっての技ではない。

腕だけが伸びて踏み込みも足らず、体が延び切っていた。

幹次郎は迫る匕首の切っ先との間合を読みながら、すいっ、と横手に躱して、

匕首を持つ手を摑み、手首を捻ってその場に突き崩した。

「あ、いたた」

と喚く幾三の手から匕首を蹴り落として、立ち上がろうとする首筋に手刀を叩き込んだ。するとくたくたとその場に転がり、意識を失った。

幹次郎が金次を見ると、小出刃を持った丈の肩口を背に差し込んでいた木刀で叩いて転がしたところだった。

「金次どの、でかした。そやつの帯を解いて後ろ手に縛ったほうがいい」

「なんてことはありませんよ、よく見れば餓鬼だ」

「この年ごろは無鉄砲だから、思わぬことをやる。油断をしないで、気をつけたほうがいい。しっかりと縛りなされ」

注意した幹次郎の目の前で金次が膝で背中を押さえながら丈の帯を解いて、後ろ手に縛り上げた。こちらは気を失っていなかった。うんうん唸りながらも、

「なにをしやがる」

などと金次に抗っていた。

幹次郎はまずふたり組が塀の向こうに投げ捨てようとした財布と櫛を手拭いに包み直そうとした。すると手拭いにはもうひとつ印伝の財布があった。それを懐

に仕舞い、小出刃と鞘を回収して、こちらは帯に戻した。

「よし、立ちやがれ」

と金次が丈を立たせ、幹次郎はひょろりの幾三を肩に担いで、

「人目につかぬように蜘蛛道を抜けていこう」

と九郎助稲荷から水道尻を抜けて、京町一丁目の蜘蛛道に入り込んだ。


幹次郎と金次が吉原会所にふたりを連れ込むと、すでにふた組五人が会所の土間の柱に縄で縛りつけられていた。

「おや、もうふたり増えましたか」

番方の仙右衛門が幹次郎らを迎え、金次の連れてきた丈の襟首を摑んで、先に来ていた連中に見せた。

「こいつは仲間か」

「知らねえ」

と先に捕まったひとりが会所の天井に目をやったまま答えた。

「よく見ねえ、あとで白洲で泣くことになるぜ」

「へえっだ。おれはよ、十五なんだよ、子供を白洲に引き出すってのか、面白い

や。やってみな」

と嘯いた。

「十五な、どこの長屋の十五歳だ、親の名前はなんてんだ」

「親なんぞと関わりがあるか。おれはおれだ。さあっ、番屋でも奉行所でも連れていけ」

と居直った。

「十五なんだろ、親と一緒に白洲に引き出すことになるぜ」

仙右衛門が言い聞かせたとき、向かいの面番所から同心村崎季光がやってきた。

「なんだ、こちらも悪餓鬼でいっぱいか」

「面番所は何人でございますな」

「四人だ。だが、どやつも奪った品を持っていないのだ。仲間に渡したかのう」

「いえ、うちのほうも悪さをした場は見られているんですがね、品がない」

と仙右衛門が困った表情を見せた。

幹次郎は懐から手拭いを出すと、

「こやつら、九郎助稲荷の前から鉄漿溝の向こうに投げようとしておりました」

「なにっ、廓の外に投げ捨てようとしたか。折角奪った金子や櫛笄を捨てるとはやはり餓鬼じゃな」

と村崎季光が笑った。

「村崎様、違いますって。こやつらが投げた財布などを拾って回る仲間が外に待ち受けているんですよ。こいつは餓鬼の考えつくことじゃない、背後に大人が控えていますぜ」

と金次が言った。

「なんと、こやつらの悪戯ではないと申すか」

「へえ、大人が餓鬼に知恵をつけて、やらせたことですよ」

会所の土間に引き据えられた三組六人は互いに顔を見合わないようにしていた。

「うう一ん」

と唸り、幹次郎が気を失わせた幾三が意識を取り戻した。そして、頭を振って意識をはっきりさせていたが、急に辺りをきょろきょろ見た。

「あっ、幾三兄いだ」

と先に捕まっていたひとりが思わず呟き、傍らにいた仲間に足で思い切り背中を蹴られた。そこへ奥から四郎兵衛が姿を現わし、

「村崎様、子供時分から悪さをする癖をつけたのでは、先々どのような悪党にな

るやもしれませぬ。面番所にまずはふたりほど連れていき、体に問うというのではどうですな。いえ、面番所が面倒というのなれば、うちでやってもよろしゅうございますがな、やはり奉行所のお役人のほうが手加減はございませんからな」

と唆（そそのか）すように言った。

「七代目、よいことに気づいたな。よし、どやつから引き立てようか」

「金次が捕まえた丈なる者とただ今仲間に足で蹴られた子供辺りではどうですかな」

と幹次郎が村崎同心に言った。

「よかろう。おまえとおまえだ」

と指されたふたりが土間を尻で後ずさりした。

「神守様、ふたり組が奪った財布にはいくら金子が入っておりますな」

四郎兵衛が訊き、幹次郎がふたつの財布と櫛を四郎兵衛に渡した。四郎兵衛は上（あ）がり框（がまち）に座って、革の財布の中味を確かめ、

「さすがに正月ですな、六両と二分ばかり。ええっとこちらの印伝はけっこう重うございますな。ほうほう、八両、いや、九両ほど入っておりますよ」

「七代目、十両盗むと死罪が定めじゃ、ふたつの財布合わせただけですでに十両

は軽く超えておる。まだ幼いことを考えても八丈島送りは致し方ないところかのう」

と村崎同心が即座に応じた。

「それもこれもこの者たちの態度次第にございましょうな」

「七代目、いかにもさようじゃ。よし、面番所に連れ込んで厳しい詮議を致そうか」

と村崎が張り切り、

「金次、そいつを引き立てねえ。おれがこやつを連れていこう」

仙右衛門は金次の手を借りてふたりの若者を会所の土間から引き出した。

ふたりの若者の顔はすでに土気色に変わり、仲間に助けを求めようとしたがだれも顔を背けた。

「村崎様、手加減無用ですぞ」

と四郎兵衛が敷居を跨ごうとする村崎に言い足すと、

「七代目、面番所がいかに厳しいか、直ぐに分からせてみせる」

と張り切って出ていった。

吉原会所の土間は急に静かになって、ひとりの若者などしくしくと泣き始めていた。

「神守様、こやつらの背後にだれが控えておると思いますな」

煙草盆を引き寄せた四郎兵衛が煙管に刻みを詰めながら、幹次郎に訊いた。

「おそらくこの者たちも背後に控えている人物を知らないのではありませんか。むろんこの者たちを唆して暴れさせた者を、この中の一人ふたりは承知しているでしょう」

「となるとあのふたりを責めても無駄でしたかね」

「無駄かと思います」

「それはあのふたりに気の毒しましたな」

「いえ、悪いことをしたのです、それだけの裁きは受けねばなりません。かような場合はできるだけ早く知っていることを喋って、お上のお慈悲に縋るしか手はございますまい」

「この歳では吉原会所と面番所の違いも分かりますまい。会所から面番所に連れていかれるということはお上の手に渡ったということです。それをこの者たちはどれほど分かっておるのか」

四郎兵衛が煙草を吸いながら、悪さをなした面々を見回した。むろん四郎兵衛が吐いた言葉は捕まった若者らに喋らせるためのもので、背後にいる人物こそ吉原会所と面番所が知りたいことだった。

「会所と面番所は違うのか」

最初に会所に連れてこられた若者のひとりが思わず尋ねた。

「むろん違います。いいですかな、吉原はお上が許したただひとつの遊廓です。他の品川、内藤新宿、板橋、千住など四宿を含めて、江戸にある数多の岡場所はお上のお目こぼしで商いが成り立っているのです。いいですか、この吉原だけが天下御免の色里なんですぞ。だからこそ、江戸町奉行所隠密廻り同心が常駐する面番所がある。あちらは奉行所と直結しておるのです。一方、吉原会所は、廓内で騒ぎが起こらないようにお客様が遊女と安心して遊べるように見守る寄合組合でしてな、なんの権限もありません。いえ、裏の手がないこともない。たとえばこちらの神守幹次郎様と申されるお方は、裏同心と呼ばれております。最前こちらにおられた村崎様は町奉行所の表同心です。お上の絶大な力を発揮されますがな、世の中というものはそうそう杓子定規にはいかぬものです。そんな折り、裏同心の神守様の出番にございますよ。おお、話が散らかりましたな、まあ、血なまぐさいことをお上は嫌うゆえ、こちらに回ってくるというわけです」

と四郎兵衛が説明した。若者らにその説明が分かったかどうか、

「おれたち、島流しか」

と幹次郎に気を失わされた幾三が訊いた。

「ふたつの財布を合わせて十両は超えておりましたな、大人なれば獄門は免れないところ、そなたらはまだ半人前ゆえ、お上は慈悲をかけられないこともございますまい。それもこれも知っておることを喋ることですね。それも江戸町奉行所面番所に連れていかれないうちにね」

四郎兵衛がじろりと幾三の顔を見た。だが、幾三は四郎兵衛の顔を見ないようにして、歯を食いしばっていた。

そのとき、会所の戸が開いて仙右衛門が戻ってきた。

「どうでした、番方」

「さすがに面番所の同心だね、青竹なんぞで責めないでいきなり、六尺棒の折れた奴で殴りつけやがる。あのふたり、ひいひい泣いてお許しくださいと村崎様に願っていますがね。村崎様は聞き入れるふうはございませんでね、見ちゃいられねえや。まだ骨もしっかり育っていませんからね、骨が砕けるのにそう刻は要りますまい」

と仙右衛門が答え、

「次のふたりを選べと命じられてきたんですがね、七代目、だれにします」

とさらに言い足した。

土間に転がされた面々の恐怖が一段と募った。

「幾三兄いは承知なんだろ、おれたちを唆して一分ずつ前払いしてくれた男をさ、話してくれよ」

と仲間が幾三に願った。

「うるせえ、達五郎」

「おれの弟分の骨が砕かれているんだぜ。おまえの弟分だってよ、二本足で立てねえ体になるかもしれねえぜ」

幾三が四郎兵衛を見た。

「おれが知っていることを喋ったら、おれたち全員を解き放ってくれるか」

「世の中、そう甘くはございませんよ。まず話しなされ。その上でこの吉原会所七代目の頭取が面番所に掛け合ってみましょうか」

貫禄の態度で四郎兵衛が幾三を睨み据えた。

四

幹次郎らは下谷三筋町の旗本寄合松平家と戸田家の鉤の手に曲がった敷地境にある辻番を、大御番与力同心が集う大縄地（長屋）から見張っていた。

正月二日の夕暮れのことだ。

供を連れた武家が行き来して、中には足取りがふらついている者もいた。むろん年賀の酒を呑み過ぎてのことだ。

辻番は武家地に置かれたもので現在の交番と考えれば分かり易かろう。

その辻番にも数種類あった。

ひとつは大名屋敷が設ける辻番だ。管理する大名屋敷の禄高によって階級がいくつか分かれていた。

一万石以上一万九千石以下の大名の辻番は、昼三人夜五人の人員を詰めさせ、二万石以上は昼四人、夜六人詰めが定めであった。さらに五万石以上の大名辻番所は間口二間（約三・六メートル）以上、奥行九尺（約二・七メートル）、瓦葺きで敷台付きのいかめしいもので、番人もその屋敷の印の入った浅葱木綿の背割り、あるいは丸羽織を着ていた。

続く辻番は大名・旗本屋敷にある辻番でこれを組合辻番と称した。数家の大名・旗本がその見張り範囲の適宜な場所に番屋を設けたからだ。組合の費えを出す大名・旗本の数に制限はないが、その大名・旗本の合高が九千九百九十九石以下という制限があった。

辻番はだいたい昼ふたり、夜四人で、給料は年一両以下、ために辻番では五十歳以上の年寄り辻番が子供相手に草履、炭団、駄菓子などを売って内職に精を出しながら務めていた。

下谷三筋町の辻番は、老爺の他にふたりの若い者が手伝って、その界隈を放歌高吟して歩こうものならば、身分の区別なく、

「だまらっしゃい」

と咎めていた。

幹次郎らが幾三を問い質して聞いた吉原での悪さの元締めは、この下谷三筋町の辻番所の若い辻番ふたりで、鳥屋の儀助にいらちの為造と呼ばれる者とか。

鳥屋の儀助は、幹次郎らが浅草寺境内で捕まえた三人組のひとり、鳥屋の玄次の兄貴であったということが吉原会所の調べで判明していた。

そろそろ七つ半（午後五時）が近づくという刻限、昼番の老爺が帰り仕度を始め、薄暗がりからふわりと人影ひとつが現われて、

「いいぜ、爺さん」

と辻番を交替した。

長細いうらなり面を見ると、これがいらちの為造だろう。そう喋ったのは幾三だ。幾三の話の中で頭分（かしらぶん）はふたりのうち鳥屋の儀助のほうだということが判明していた。

幹次郎らは儀助の登場を待つことにした。

「辻番の内職にかっぱらいとは乱暴な話ですね」

仙右衛門が呟くように幹次郎に話しかけた。

最前まで下谷三筋町に日があったので、幹次郎らは武家地界隈を交替で歩き回りながら、辻番を見張るしかなかった。周りの目を引くからだ。

ようやく正月二日の夕暮れが訪れ、辻番にも灯りが入ると、暗がりに身を潜めて見張ることができた。歩き回っているうちは寒さも感じなかったが、暗がりにじいっとしていると、体が冷えてきた。

夜になって気温も下がったようだ。

初買いの吉原での、鳥屋の儀助ら一味による強奪は、客七人の懐中物に及び、その金子の総額は六十七両に上っていた。また遊女の飾り物も櫛笄など十四本が奪われて、こちらもそれなりの金額に上るものと思われた。なにしろ年賀に回る遊女の飾り物だ。吉原遊女の見得と張りもあって、所有する中でいちばん高価なものを頭に飾っていた。むろんこれらの飾り物は客からの贈り物だ。

「今晩で片をつけないと、神守様の初舞台に差し障りが生じますな」

仙右衛門が幹次郎に話しかけた。

「それがしも最前からそのことを気にしておる。紫光太夫との約定ゆえ、なんとか果たしたいのだがな」

「鳥屋の儀助さえ姿を見せれば一網打尽にできるのですがな」

仙右衛門が言うところに、隠密廻り同心の村崎季光が小者を従えて、せかせかとやってきた。

「村崎の旦那、こっちですよ」

仙右衛門が暗がりから呼び止め、

「ふうっ、旗本屋敷や大縄地では身を潜める呑み屋もないな」

と村崎同心が早速不満を言った。

「旦那、奉行所ではなんと」

「廓内で起こった騒ぎ、面番所の指揮の下で取り締まれとの命を得てきた。あのような騒ぎが明日も繰り返されると厄介だ」

「へえっ」

と応じた仙右衛門が、

「幾三らが捕まっております。明日もやりますかね」

「濡れ手で粟のかっぱらいだ。一日の稼ぎが財布の中身に加えて女郎の櫛笄を質屋で曲げれば、二百両を超えようという話だ。繰り返すに決まっておるわ」

「幾三らは大番屋に送られたんでございますぜ」

「ちんぴらの代わりはいくらでもおろう」

「そうでございますかね」

「番方、代わりを見つけるのが難しいと申すか」

「いえ、えらく杜撰なかっぱらいだと思っておるだけです。わっしどもが鳥屋の儀助といらちの為造の身許を突き止め、こうして見張っております。分かり易い騒ぎだな、と思ったんですよ。それが二日目も三日目も繰り返されますか」

「正月松の内は続くとみた。なにしろ辻番ふたりが考えることだ。その程度のことよ」

　と村崎季光が吐き捨てた。

「それがしもなんとなく番屋のふたりがこの騒ぎの元締めかどうか、訝しく思うておるところです」

「裏同心、そなたら、世間というものを複雑に見過ぎるのだ。小悪党が企てることだ、思いつきに決まっておるわ」

　と村崎が答えたとき、下谷三筋町に着流しの細身の影が風呂敷包みをぶら下げて、姿を見せた。

「どうやら奴が鳥屋の儀助のようですね」

「ひっ捕らえるか」

「しばらく様子をみてからがようございましょう」

　と意気込む村崎同心を宥めた仙右衛門が風呂敷包みを持った男の様子を窺った。

　鳥屋の異名を持つ儀助と玄次の兄弟は、四谷で目白などを扱う小鳥屋の倅たちとか。親父が禁鳥を扱い、町奉行所に捕まって島送りになって以来、一端の悪を気取って四谷界隈で悪さをしていた。だが、縄張りを食い詰めて、半年前から稼ぎの場を浅草に代えていた。

やはり儀助か、辻番の前で仲間の為造に向かい、手にしていた風呂敷包みを上げてみせた。

「儀助兄い、櫛笄、いくらになったえ」

と為造が訊くのを、しいっ、と制止した儀助が、

「まあ、夜は長い」

辻番に入り、印半纏を着込んで、一応辻番の仕事を務める様子を見せた。

「参ろうか」

村崎季光がまた仙右衛門を急かした。

「旦那、まだ幕が上がっちゃいないようだ」

「どういうことだ、番方」

「あやつら、だれかの来るのを待っていると思いませんか」

「そうか、それがしにはそうは見えないがのう。早々にお縄にして吉原に戻り、熱燗できゅっと体を温めたいところだがな」

「御用は辛抱と根気にございますよ」

「会所のやり方はまどろっこしいぞ。のう、裏同心」

と村崎が幹次郎に同意を求めた。

「それがしもしばらくこのまま我慢したほうがよろしいかと。網は大きく張って、大物が掛かるを待つのが得策かと存じます。ひいては村崎どのの手柄になることです」

「それはそうだがな」

幹次郎にも宥められて、村崎も不承不承張り込みを続行することを許した。

吉原を正式に監督差配するのは町奉行所の出先、隠密廻り同心が詰める面番所だ。だが、吉原の治安と警備、さらに運営は吉原会所が実質的に務めてきた。

幹次郎はこうして面番所の村崎といっしょに御用を務めるのは初めてのことだといささか不思議に思っていた。

今や下谷三筋町の武家地に灯りが見えるのは辻番だけだ。

五つ（午後八時）の時鐘を聞き、町屋の木戸が閉じられる四つ（午後十時）が迫った。

「寒いのう。だれか訪ねてくるとも思えぬぞ。早くふたりをお縄にせぬか」

と村崎が何度目かに急かしたとき、下谷三筋町に三つの人影が現われた。三人して町人だが、ひとりはぞろりとした羽織を着込んでいた。あとのふたりは羽織の男の手下か。

「辻番さん、火を貸してくれませんか」

と手下のひとりが辻番に呼びかける声が風に乗って、幹次郎が潜む暗がりまで届いた。

鳥屋の儀助が黙って頷くと風呂敷包みを敷台の上に載せた。その風呂敷包みに火を借り受ける体の手下が手を伸ばし、

「おっと、約束のものはこの場で頂戴しますぜ」

「長い仕事だ。勘定はあとでいいじゃねえか。だいいち飾り物は市場で売り立ててみてから値が分かるものだ。あとにしな」

「そうはいかねえよ、鳶っちょの兄い」

「なにっ、代貸までこうして遠出なさっておめえらに挨拶までなさっておられるんだぜ。互いに信用できねえなら、今後の付き合いはないと思え、鳥屋」

「おれの弟を含めて、大勢の若い連中が吉原会所に捕まっているんだ。あいつらの面倒もみなきゃなりませんや。分け前はこの場できちんといただきますぜ」

「駆け出しが、生意気言うんじゃねえよ。この仕事、先が長いとあれほど言い聞かせたじゃねえか」

「それとこれは別だ、鳶っちょ」

ふたりが辻番で睨み合った。

「今日の上がりはいくらだ」

と羽織を着た代貸が儀助に訊いた。

「四十七両と二分ばかり。それに上物の櫛笄が十二本、こいつは市に出せば二、三百両という代物ですぜ」

儀助は吉原会所に届けがあった金額や本数より内輪の数を告げた。儀助が猫糞したものを差し引いての数を答えたのだろう。

「儀助、初買いの廓内だぜ。それっぽっちの金子ではないはずだ」

「代貸、幾三たちがドジを踏んで、吉原会所に捕まったんだ。その金額を合わせると百両は超えたろうがね。明日からはもう少し上手に立ち回りますよ」

「いいだろう、鳶っちょ、こやつに五両を渡してやんな」

敷台の上の風呂敷包みを儀助が手早く引っ込めた。

「冗談はなしだ、危ない橋を渡る闇稼業はその場で払いが習わしだぜ」

「儀助、おれの言うことが聞けねえか」

「この仕事、五分と五分だ。でなきゃあ、断わる」

「そうかえ、親父が島から戻らなくてもいいんだな。それに弟も捕まったと言ったな」

と代貸が凄んだ。

「代貸、ほんとうに親父を島から抜けさせる手立てがあるんだろうな」

「こちとら、町奉行所に手蔓があるんだよ。そいつはうちの親分とはつうと言えばかあの仲だ」

「よし、今晩は十五両で手を打つ。飾り物がはけたときは売れた値の五分がおれたちの取り分だ」

いいだろう、と代貸が返事をして、儀助が風呂敷包みを解き、小判で十五両を抜いた。そして、風呂敷に奥から取り出した品物を載せた。

幹次郎らの目にも辻番の灯りで最前まで遊女の髪飾りだったものがきらきらと輝く様が見えた。

「さすがに吉原の遊女だな、どれも上物だぜ」

と満足した体の代貸が鳶っちょに顎で命じて、風呂敷包みを括ると、

「また明晩な、儀助。明日はごねるんじゃねえぜ、代貸は優しいが、親分はそうはいかねえからな」

と捨て台詞を残して、辻番を離れようとした。

村崎同心が暗がりから出ようとするのを幹次郎と仙右衛門が手で制した。

「なにを致す」

「もうしばらく辛抱ですよ」

仙右衛門が小声で諫めて、三人が下谷三筋町から姿を消した。そのあとを金次が追跡していった。

辻番から、

「ふうっ」

と大きな溜息が漏れてきた。いらちの為造だ。

「兄い、内藤新宿を相手にあれだけの啖呵を切ってよ、大丈夫か」

「おれたちがのし上がるためには肝っ玉とくそ度胸だけが武器だ。あいつらの言いなりになってちゃあ、いつまでも使い走りよ。おれは一、二年のうちに一家を構えるぜ」

「それはそうだけどよ」

と応じたいらちの為造が、

「捕まった幾三たちをどうするよ」

「あいつら、まだ餓鬼だ。小伝馬町にも送られめえ。大番屋で同心に脅されて、解き放ちになるよ」

「なにもしないのか」

「奉行所相手になにができる。いらち、幾三たちの長屋に一両ずつ放り込んでこい。捕まったのは十一人だな、ほれ、十一両を持っていきな」

「おれの分はどうなる。四両残っているよな」

「ちえっ、しっかりしているぜ。ほれ、半分の二両だ。いいか、派手に使うんじゃねえぜ。十手持ちに狙われたらお仕舞いだ」

「あいよ」

と承知したいらちの為造が辻番から姿を消し、儀助ひとりだけが残った。

その儀助が武家地の暗い空を見て、にたりと不気味な笑いを浮かべた。


幹次郎らは下谷三筋町の武家地から寺町通りへと向かった。

「番方、見逃す気か」

と村崎季光が早速文句を言った。

「村崎様、この仕掛け、仕組んだのは駆け出しの儀助なんかじゃねえと思ったが、やっぱり背後におりましたね。わっしの勘じゃ、内藤新宿の飯盛旅籠を仕切る武州屋総右衛門が控えているようだ。ここは辛抱して、大きく網を張り、大物を召し捕りましょうや」

「番方、武州屋総右衛門は内藤新宿の元締めだったな、吉原に手を出すような真似をなすか」

「ただ今の総右衛門は五代目にございましてね、ひとり娘の婿養子に入った御家人くずれですよ。こいつが五代目に就いてから、内藤新宿の様子ががらりと変わりましてね、金の臭いがするところなら、どこにでも手を突っ込む。こたびのことも、総右衛門が絵図面を描いたか、下手するともうひとりくらい奉行所の内情に詳しい者が絡んでいるのかもしれませんので」

「どうするのだ」

「金次はあやつらがどこに戻ったか、突き止めて参りましょう。そしたら、辻番と内藤新宿の武州屋に見張りを立てます。この探索、長丁場になりそうです。雑魚より大物釣りを仕掛けるべきですぜ」

「番方、それはよいが、明日の吉原に第二第三の幾三たちが入り込もう。どう食い止めるか」

と村崎がそちらを案じた。

「そいつはこれから会所に戻って七代目と相談だ。だがね、神守様は、奥山の出刃打ちの舞台に立ってくださいましな」

「明朝にも断わりに行こうと思っていたのだがな」

「いえ、こいつは容易く目処が立つ話じゃない。嘘にしろ、代貸が島抜けの片棒を担ぐと儀助に約束したんでございますよ。まずは探索です。だから、その間に神守様は義理を果たしてくださいな」

「それがしはよいが、番方の墓参出立まではなんとか目処をつけたいものよ」

と幹次郎が答えたところで一行は寺町を抜けた。

「それがしは今晩あやつらを召し捕ったほうがよかったと思うがな」

村崎季光はそのことに未練げに拘って呟いた。だが、番方も幹次郎もなにも答えなかった。

第二章　初舞台

一

継裃姿の神守幹次郎の視界がゆるゆると回り始め、辺りの景色が流れ始めた。舞台の下手に立つ紫光太夫の嫋やかな体が時に溶け込むように流れて、見物席の顔が点になって飛んでいく。そして、回転が速くなると、幹次郎は天地がどうなっているのか分からなくなり、時が過ぎゆくように風景が奔流して止めどもなかった。

幹次郎は両手で取っ手を摑み、両足で足場を踏ん張り、回転していた。気分が悪くならないように、幹次郎は結跏趺坐して瞑想する己を頭に思い描いて、必死で精神を統一させていた。だが、なかなか無念無想の境地には辿りつけなかった。

どこからともなくどろどろどろと打たれる太鼓の音が響いてきて、その連打が円盤の回転とともに速くなっていった。そのお陰で幹次郎は役割を思い出していた。

ここは紫光太夫が座長の奥山の見世物小屋だ。

夜嵐の参次の南蛮連発短筒(なんばんれんぱつたんづつ)に対抗し得る飛び道具として、幹次郎は小出刃を考えた。なんとか会得(えとく)しようと奥山で独り稽古をしているところを紫光太夫が見て、幹次郎の無謀に呆れたか、出刃打ちの呼吸や技を教えてくれた。

その甲斐(かい)あって夜嵐の参次を負かすことができた。返礼もあって、太夫の舞台を手伝うと約束していたのだった。

その演じ物の最初が回転する円盤に括りつけられての、

「的(まと)」

役だった。

ふと、

(ああ、そうだ。体がぐるぐる回りするだけではない)

ということを思い出した。

時のかなたから紫光太夫の口上（こうじょう）が響いてきたが、幹次郎の耳にはなんと言っているのか分からなかった。

ただ、回転に耐えていた。

「はっ！」

という裂帛（れっぱく）の気合が響き、出刃が虚空を切り裂く音がして右脇腹の横にぐさりと突き立った。

わあっ！

という歓声が沸き起こった。

続いて広げた股の間に出刃が突き立った。出刃の切っ先はどうみても幹次郎の太腿（ふともも）ぎりぎりに突き立っているようだ。

さらに次から次へと立て続けに出刃が打ち込まれ、最後に顔の横すれすれに出刃が立つと大歓声が沸き起こった。そして、円盤の回転がだんだんと緩やかになり、ついには広げた両足を下に円盤が停止した。

幹次郎は紫光太夫に手を取られて、舞台に立って、円盤を顧みた。思わず、

おおっ！

という驚きが口を衝いた。

なんと円盤の上に出刃が幹次郎のかたち通りに打ち込まれていた。

「神守幹次郎様、どうです、ただ今のご気分は」

「生きた心地がせぬとはこのことであろう」

幹次郎の正直な答えに満員の見物客が一斉に笑った。

「いや、見事な出刃打ちにござる、師匠」

幹次郎は「師匠」の一語に尊敬を込めて言った。

ふっふっふ
紫光太夫が幹次郎に褒められて乙女のように恥じらって微笑んだ。それがなんとも愛らしいというので観客がまた沸いた。

「こんどは吉原会所の裏同心の凄技を披露致しますよ」

紫光太夫が幹次郎に言うと客に口上を述べた。

見世物小屋の男衆が木刀を幹次郎に運んできた。

幹次郎は回転の動きで狂った頭の働きを調整しようと頭を振りながら木刀を受け取った。

「太夫、暫時時間を頂戴したい」

幹次郎はふらつく頭を鎮めんと木刀を正眼に構えて素振りを行った。

いつもの慣れた動作に体が調整されたか、規則正しい素振りの音が見世物小屋に響き渡った。

「お待たせ申した」

太夫との打ち合わせ通りに幹次郎は舞台上手(かみて)の円盤前に立った。

木刀は右手一本に握っていた。

もはや円盤に打ち込まれた出刃は舞台の下手に立つ紫光太夫の手に戻っていた。

円盤前の幹次郎と下手の端に立つ紫光太夫の間にはおよそ五間(約九・一メートル)の空間があった。

「ようございますか、神守様」

「お手柔らかに願おう」

幹次郎は応じると木刀を中段の構えに置いて、左手も添えた。

「参ります」

との声が響いて、間髪(かんはつ)を容(い)れず、

「はっ」

と気合い声が響いて、紫光太夫の手から出刃が打たれて、幹次郎に向かって飛んできた。

緩やかな弧を描いて飛来する出刃の間合を確かめた幹次郎が太夫の気合を真似て、

「はっ」

応じて木刀を振るうと出刃が足元に叩き落とされた。

小さな歓声が沸いた。

「お見事」

と太夫が幹次郎を鼓舞するように褒め言葉を投げると二本目の出刃を打った。

こんどは一本目より出刃の速さが増していた。

幹次郎は柔らかい手首の使いで木刀を振るい、二本目も足元に落とした。さらに三本目、四本目と速さが増して、出刃は幹次郎の胸に向かって飛来した。

幹次郎は丹念に出刃を払い落とした。
六、七本、投げたところで紫光太夫が、
「さすがは吉原会所の守り神、いささかも動じておられませぬよ」

と客に笑いかけると、幹次郎に視線を戻して、

「神守様、両手乱れ打ちにございます」

と宣告した。

首肯した幹次郎は背の円盤の取っ手を掴むと回転させた。そうしておいて、これまでの立ち位置より一間（約一・八メートル）間合を縮めて、木刀を正眼の構えに置いた。

紫光太夫の顔色が変わった。

打ち合わせにない幹次郎の行動だった。

自らの動揺を鎮めるように微笑んだ紫光太夫が、

「出刃打ち芸人、紫光の秘芸、出刃両手乱れ打ちにございます。対するは吉原の遊女衆三千人の守り神、神守幹次郎様の妙技、怪我なく終わりましたら、拍手ご喝采のほど、願い奉りますーるー」

と語尾を伸ばして場内に告げると、

おおっ！

というどよめきが起こり、幕の裏で太鼓と三味線の囃子が始まった。

紫光太夫は両手に二本ずつ出刃を持ち、衣装の帯前部に四本、さらには白鉢巻きに二本と計十本の出刃を持っていた。

幹次郎は右足をわずかに引いて半身正眼に構えた。

互いが目を見合った。

客席が静まり返り、紫光太夫の両手が肩まで上がったかと思うと、わずかに時の差を置いて振り下ろし始めた両手から出刃が光に変じて、幹次郎の体に飛んできた。

幹次郎は最前の出刃対決で平静に戻っていた。

飛来する四本の遅速を見極めつつ、正眼の木刀を振るって出刃を弾いた。すると四つの光が回転する円盤に角度を変えて幹次郎の背後へと飛んでいった。

紫光太夫は最初の四本を投げ終わると同時に帯前の四本を摑み取り、こんどは角度を変えて、出刃を摑んだ両手を下方に回して、下手投げで幹次郎の体を回転する円盤に縫いつけようとした。

だが、こんども幹次郎は下から浮き上がってくる四本を弾いて角度を変え、円盤へと流した。

太夫が額の鉢巻きに差した最後の出刃を抜くと右手は上段から、左手に取った出刃は背の後ろに回しておいて、回転する腕の遠心力を借りて投げた。

幹次郎は、虚空と膝下辺りから飛んできた二本の出刃を、

かんかん

と音を響かせて弾いた。

十本の出刃を投げ終わった紫光太夫は茫然としていたが、首をゆっくりと振って、

「芸人の芸はなんとも拙いものにございますね」

と出刃打ちを悉く弾き返した幹次郎の技量を潔く褒めた。

幹次郎が一礼して会釈を太夫に返したとき、回転していた円盤が力を失い、止まった。

その瞬間、太夫の顔色が変わった。

見物席の客も太夫の視線を追ってなにが起こったかを悟っていた。

円盤に幹次郎が弾いた出刃十本が刺さり、人型を描いていた。

紫光太夫も客も粛然として声もない。

「神守幹次郎様、私も修業のし直しをしとうございます。これでは恥ずかしゅうてお客様の前には立てませぬ」

真剣な言葉に見世物小屋の座元本丸亭弐角も客も仰天した。

「紫光太夫、お考え違いをなされてはなりませぬ。太夫の出刃打ち、どこに出しても秀逸の芸にございます。されど舞台の芸は武芸と異なり、相手があっての勝負ではございませぬ。その違いがこの舞台で表われたのです。太夫が芸人をや

め、出刃打ちを得意にした武術家に鞍替えなさるならば、直ぐに相手との駆け引き、呼吸を呑み込まれましょう。されど太夫の相手は違います、かように大勢詰めかける客を楽しませ、喜ばせることにござろう。おこがましゅうござるが、その理を忘れた言葉かと存ずる。それがしの出刃打ちの師は、紫光太夫一人にございます」

幹次郎の言葉にはっとした紫光太夫が、

「神守様、いかにもさようでした。私は奥山の見世物小屋の芸人ということを忘れておりましたよ」

と笑顔で答えると見物席から大歓声が沸いた。

この日、幹次郎は昼の舞台を三つ務めて、

「また明日参る」

と紫光太夫に挨拶して楽屋を出ようとした。

「神守様、私はなんということをお願い申したのでございましょう。もはや出刃打ちを教えたお礼は十分に頂戴致しました。これにて神守様の出番は終わりにしてください」

と太夫が願った。

「師匠、弟子の出番を減らすと申されるか。それがし、だんだんと舞台に立つことが楽しみになったところじゃがな。約定通り三日間、昼の舞台に上がらせてはくれまいか」

「よいのでございますか」

「よいもなにも楽しみになったと申したぞ」

幹次郎の言葉を聞いた座元の本丸亭弐角がほっと安堵の笑みを漏らし、

(明日の昼は大変な客だぞ)

と内心ほくそ笑んだ。

その耳に紫光太夫の呟きが聞こえてきた。

「三浦屋の花魁、薄墨様が神守様にぞっこんという気持ちが分かりましたよ。この紫光太夫も神守幹次郎という御仁に惚れました」

「えっ、太夫、そいつを客の前で言っちゃならねえぜ。せっかくついた客が引くからね」

「座元、客より神守様の心を摑みとうございますよ」

と嫣然とした笑みを弐角に残して紫光太夫が楽屋をあとにした。

幹次郎が奥山から吉原の大門前に戻りついたとき、昼見世が終わりかけていた。

正月の三日とあって初買いの二日同様に大勢の客が大門の内外に溢れていた。

昨日に比べて武家の姿が目立つのは、参勤上番で江戸に上ってきた浅葱裏が正月休みに吉原見物に来たゆえであろうか。

「裏同心どの、お務めは無事終わったか」

面番所から村崎季光同心の声がかかった。

「村崎どの、それがしのお礼奉公ご存じにございましたか」

「夜嵐の参次の一件で出刃打ち芸人に手解きを受けたそうじゃな。それにしても裏同心どのは、奥山で美形一等と評判の堅物太夫を仕留められたと聞く、もてる秘密を聞きたいものじゃ」

「村崎どの、冗談を申されてはなりませぬ。すべて吉原会所の務めがもたらしたことにございます」

「御用で女がなびくなれば、それがしに一人ふたり回ってきてもよかろう。汀女先生といい、薄墨花魁といい、こたびの紫光太夫といい、羨ましいかぎりかな」

「姉様はそれがしの女房にございます。あれこれとごった混ぜにせんでくだされ。それより村崎どの、本日の廓内、若い連中の跋扈がございましたか」

「おお、それじゃ。面番所が主導して吉原会所も助勢してくれたで昨日より悪さをする連中は減ったぞ」

「それはようございました」

「そなたも出刃打ちの見世物の舞台に立って留守というし、それがしが働くしかあるまい。ともかくじゃ、大門を潜らんとする若い連中をびしびしと取り締まり、うさん臭いと思うた連中は厳しく追い返したでな、あやつらが廓内で動き回ることはできなんだわ」

「さすがは村崎どのにございますな」

「面番所の村崎、本気になればこの通りよ」

と胸を張る村崎を面番所前に残して、吉原会所に向かった。

小頭の長吉が村崎同心と話す幹次郎を見ていたか、

「村崎様の鼻息が荒うございましたな」

と戸口で言った。

「幾三らの仲間が大門を潜るのを阻んだと申されておられたが」

「問題はそこですよ。若いとみたらなんでもかんでも追い返すものだから、馴染の客から吉原に出入りの商人まで見境のうて、うちはえらい迷惑をしております」

と長吉がぼやき、

「初舞台、なかなかの盛況でようございましたな」

と話柄を変えた。

「小頭、まさか見物していたのではあるまいな」

「いけませんかえ。いえね、神守様が奥山で舞台を踏むというのに会所の者がだれも見てないでは義理が悪うございますからね、わっしが代表で座元に角樽を届けて、ついでに見物させてもらいました」

「まさかあの客席に身内がいたとはな」

と困惑の体で敷居を跨ぐと、

「奥で七代目と番方がお待ちですぜ」

と長吉が背に声をかけた。

坪庭が見える座敷で四郎兵衛と仙右衛門がお茶を飲んでいた。

「七代目、奥山までお気遣いいただき、恐縮にございました」

「長吉から聞きましたぞ。大変な客の入りで、大いに沸いたそうですな。さすがは神守幹次郎様です」

「七代目、からかいなさらんでくだされ。冷汗三斗（れいかんさんと）の舞台にございました。あまり真剣になって、太夫に華を持たせる余裕もなく反省しております」

「いや、神守様と紫光太夫の真剣勝負が客を沸かしたのですよ。見世物小屋ではどんな芸であれ、客を沸かせるのがなによりのことです。明日からさらに大勢の客が詰めかけますぞ」

「あれ以上詰めかけると見世物小屋に入り切れますまい」

「いえいえ、あのような見世物は客が入るのがなにより大事なこと、客席が満席なれば舞台を潰しても客を入れるものです」

「出刃打ちです、客に怪我を負わせるわけにもいきますまい」

「紫光太夫も神守様も百戦練磨の芸人と兵（つわもの）、と座元は見込んで舞台に座らせますよ」

「大変だ」

　と幹次郎は呟き、

「こちらのことですが、本日は昨日に比べて大人（おとな）しかったそうな。村崎同心、長吉どのから聞きました」

「それです」

と番方の仙右衛門が応じていた。その顔に懸念があった。

「なにか心配がございますか」

「七代目に話していたところですが、大門で村崎同心が廓内に立ち入らせなかった若い連中は昨日の悪とはほとんどが関わりのない者にございましょう。すると鳥屋の儀助らは、なぜ吉原に幾三らの代わりを送り込めなかったか。ひょっとしたら送り込めなかったのじゃなくて、こちらが油断をするように二、三日間を置いているんじゃないかと思いついたのですがね」

幹次郎はその考えに首肯した。その上で、

「内藤新宿の指図でしょうか。それとも鳥屋の儀助の考えでしょうか」

「昨日の辻番でのやり取りを考えますと、儀助がなにか企んでのことかと思いますがね」

幹次郎はしばし考えた末に、

「相手の仕掛けを待つのもつまりませんな。番方とお芳さんの今市行も迫っております」

「それはどうでもよいことですが」

「いえ、困ります。こちらから反対に仕掛けませんか。内藤新宿を訪ねてあちらの尻に火をつけるというのは」

「神守様ならば必ずやそう申されると七代目と話していたところです」

ならば、と幹次郎は立ち上がり、四郎兵衛が、

「なにがあってもいいようにこちらも仕度をしておきます」

と答えて、ふたりを送り出した。

二

五代目武州屋総右衛門の経営する旅籠は、内藤新宿の上町の追分を見通す角地にある堂々とした総二階造りの建物だった。

四谷の大木戸から内藤新宿に入った旅人が追分を真っ直ぐに進めば青梅街道で、左に道を取れば甲州街道ということになる。

追分の北側に内藤新宿の鎮守の花園社があり、その北東に西向天神、その北に大聖院、東側には専福寺が連なり、抜弁天も近かった。

武州屋本家と呼ばれる旅籠は代々この内藤新宿を縄張りにして客商売をしていたが客筋も上客だったとか。

ところが御家人くずれの五代目が婿養子に入り、出戻りのお八重と一緒になってから、あれこれと裏商いにまで手を広げ始めたという。

表では、老舗の飯盛旅籠を二軒買い取り、湯屋を支配下に収め、裏商いでは花園社に接した旗本の抱屋敷を手に入れて、お定まりの賭場を開いていた。

「御家人くずれとしてはなかなか目端の利く男と聞いておりますよ」

仙右衛門が武州屋の大きな構えの旅籠を見ながら、幹次郎に説明した。

「番方は会ったことがない様子だな」

「へえ、この二、三年に急速に勢力を伸ばしてきた野郎でしてね。未だ拝顔の栄には浴していませんや」

旅籠武州屋には上玉の飯盛女を十数人抱えているとか。その割には旅籠の表に客引きが立っておらず、旅人を引き込む様子がない。旅人を相手にしていないのか。府内から遊びに来た風情の、こぎれいな身形の職人衆が数人連れ立って入っていく様子は、武州屋に常連客がついていることを示していた。

「なにやらでーんと構えていますな」

夕暮れが近づき、軒行灯に灯りが入ったとき、武州屋はすでに客でいっぱいになっていた。ちょんの間の客は取らず、一晩泊まりの府内の客が相手なのだ。

「総右衛門め、面を出さないか」

昨夕、下谷三筋町の辻番に遠出してきた代貸も鳶っちょと呼ばれた弟分も武州屋本家には顔を出す様子がない。

「本家の旅籠は武州屋の表看板で、怪しげな野郎を一切出入りさせてませんね。ということはどこぞに代貸たちが出入りする家があるはずだ」

「花園社に接した元旗本の抱屋敷を覗いてみませぬか」

幹次郎は仙右衛門とお芳を松の内明けに日光今市へと旅立たせたいと思っていた。そのためにはなんとしてもこの数日内にけりをつけたいと考えていた。

仙右衛門が頷き、ふたりは数丁（数百メートル）離れた花園社に向かった。

「ご利益があるようにお参りしていきますか」

思いついたように仙右衛門が言い、神社の境内に入っていくと幹次郎も従った。

正月三日の宵だ。境内には羽子板や凧を売る屋台店が並び、初詣の男女がちらほらと見えた。

ふたりは並んで拝礼してなにがしかの銭を賽銭箱に投げ入れた。

「おや、吉原の兄さん方ではございませんか」

と暗がりから声がかかった。

屋台店のこぼれ灯を頼りに暗がりに目をやった仙右衛門が、

「早速ご利益があったかね」

と呟き、

「新三の父つぁん、内藤新宿に稼ぎ場を替えたか」

「浅草を食い詰めてこっちに去年の夏前から流れてきましたがね、どこも厳しいや」

とぼやいた声はしわがれていた。煙草吸いの声だ。

「父つぁん、どこか酒でも呑むところはないか」

「わっしに奢ってくれなさるか」

「昔馴染じゃねえか。正月三日に内藤新宿の花園様で会ったのだ、一杯やらなきゃあ、花園様の祭神に申し訳が立つまい」

と言いながら仙右衛門が、

「武州屋の息がかかってない店がいいがね」

と新三の父つぁんの耳に囁いた。

「吉原の狙いは武州屋か、ならばちょいとこの界隈を外したほうがようございますね」

暗がりで頬被りをした新三父つぁんが先に立ち、ふたりはだいぶ離れてあとを追った。

父つぁんがふたりを案内していったのは、抜弁天裏手の猪の肉や臓物を鍋にして出す、傾きかけた店だった。

「番方、ここならば武州屋も手が出せない。というより総右衛門が内藤新宿から追い出した連中が寄り集まって商いしている店だ」

新三父つぁんは板屋根も板壁も素人普請のような小屋にふたりを連れ込んだ。それでも六畳ほどの広さの土間に二畳ほどの板の間の小上がりが付いていた。小上がりには客はいないが、土間には五、六人の客がいた。馬方や駕籠舁き、屋敷の中間などが主な客筋で、三人をじろりじろりと見た。

「父つぁん、酒肴は任せよう」

仙右衛門が父つぁんに任せ、頬被りのまま調理場に通った新三の父つぁんがなにか注文を入れて、ふたりが立つ土間に戻ってくると、

「番方、上がりなせえ」

板の間の小上がりに自ら先に上がり、土間を背にして腰を下ろすと腰から煙草入れを抜いて、頬被りを取った。父つぁんと呼ばれた割には四十四、五の歳かと

推測された。

「若いころから父つぁんと呼ばれておりましてね、香具師が本業だ。名は新三郎だが、新三の父つぁんと呼ばれておりましてね」

と番方が幹次郎に紹介し、

「新三の父つぁん、神守幹次郎様だ」

「番方と裏同心が内藤新宿までのしてきたのにはそれなりの理由がありそうだ」

「そういうことだ」

と前置きした仙右衛門が初買いの吉原で若い悪が遊女の飾り物や客の懐中物を引っ手繰った騒ぎを告げた。

「若い連中の背後に武州屋がいると会所は睨んでいなさるか」

「そういう気配がみえたのでな、内藤新宿まで遠出してきたが、正直昔の武州屋と今の武州屋は様変わりして、どこから手をつけたものか迷ってね、花園社のご利益にすがろうとしていたところさ」

「そこで昔馴染に会ったというわけか」

新三さん、と女の声がして七輪、鍋、酒が運ばれてきた。女はちらちらと新三郎の様子を見ていた。三十を超えた辺りか、渋皮の剝けた女衆だった。

女衆が鍋を用意する間、番方と新三の父つぁんは当たり障りのない昔話をしながらも仙右衛門が新三郎に茶碗を持たせて酒を注いだ。

「手酌でいいのによ」

新三郎が言いながら、茶碗の酒を見た。年齢以上の苦労を重ねてきたと思える顔からは酒が好きなのか嫌いなのか判断がつかなかった。

仙右衛門は幹次郎と自分の茶碗にも熱燗を注ぎ、

「父つぁんとの再会を祝そうか」

「こっちは正月だというのにめでたい話なんぞはねえや」

と応じながらも新三郎は茶碗酒に口をつけ、くいくいっと音を立てて呑み、

「久しぶりの上酒だぜ」

と満足げに言った。

幹次郎は酒で身を持ち崩したかと勝手に推測した。

「新三さん、呑み過ぎないでよ」

と女衆が新三郎に注意して席から消えた。

「ちえっ、余計なことを」

七輪の上の土鍋は味噌仕立てか、幹次郎が初めてお目にかかる代物だった。

「五代目の総右衛門が御家人くずれというのは承知だな、麹町裏の屋敷時代の名は伴六三郎というそうだ」

と新三郎が仙右衛門に確かめた。

「その辺りはおよそ承知だ。だが、昔の名前までは知らなかったぜ。最前武州屋本家の前に立って、ここが内藤新宿を牛耳っている武州屋かと眺めてきましたがね、その先が分からない」

「吉原に手を広げようと考えて、ちんぴら連を唆したかどうかということか」

香具師稼業で培ったものか、新三郎の呑み込みは早かった。

「そういうことだ」

「番方、五代目総右衛門の野心は吉原に食い込むことよ。そのためになんとしても吉原を慌てさせたいと思っているんじゃないか」

と新三の父つぁんが思いつきを口にした。これはふたりにとって聞き逃せないことだった。

「大いにそんなところかもしれないな。総右衛門は吉原になにか恨みでもあるのかね」

「恨みつらみは知らねえな。だが、あやつは野心家だそうだ。なんとしても吉原で商売がしたいと常々言っているそうだぜ。もっとも奴はなかなか表に顔を出さねえから、周りの噂で流れてくるだけだがね」

「父つぁんも顔を見たことがないか」

「ないね、女将のお八重と代貸の仏の紋三郎を表に立ててふだんの用事は済ませているからよ、ここんとこ顔を見た者はだれもいないんじゃないか」

「代貸は仏の紋三郎ってのか、でぶっと体格のいい男だな」

「ああ、なにが仏なものか、背に阿弥陀如来の彫物を背負っているので、仏と名乗っているがね、鬼の紋三郎だ」

「その下に鳶っちょとかいう男がいないか」

「鳶職上がりの加造だ。こいつは匕首を使うのが巧みだそうだ」

新三郎は徳利を傍らに引き寄せ、二杯目を注いだ。

「ああ、そうだ。紋三郎は大力でさ、どこぞの石の鳥居をひと突きで崩したそうだ」

「頭の総右衛門はどうだ」

「麴町裏の伴という御家人の株を売って、武州屋の婿に鞍替えしたそうだ、長巻の名人だそうな」

長巻とは薙刀より柄が短く、せいぜい三尺（約九十一センチ）から四尺（約百二十一センチ）の柄に反りの強い三尺前後の刀身が付いた得物だ。

「芸達者が揃ったな」

「ともかく相手を乗っ取るときは硬軟両方の手を使って籠絡するそうだ。気づいたときは家屋敷を取られて表におっ放り出されているという寸法だ」

「ここの連中もそうかえ」

「この連中は内藤新宿仲町で小商いをしていたのさ、呑み屋や食いもの屋だ。そいつらが鳶っちょの口車に乗って、博奕に嵌まり、この様だ」

と周りを見回した新三郎が三杯目に手を出した。

茶碗酒を呑む速度がだんだんと速くなっていた。

鍋が煮えてきた。

「新三の父つぁん、猪鍋、食べないか」

「おりゃ、いい。番方、裏同心の旦那、ものは試しだ。抜弁天名物の猪の臓物鍋を食してみねえ。吉原に戻って話の種になるぜ」

「そうしよう」

幹次郎も仙右衛門も夕餉抜きで腹が減っていた。

仙右衛門が小丼に猪の臓物鍋を取り分けて、幹次郎に渡した。

「造作をかけ申した、頂戴しよう」

牛蒡、青菜、油揚げなどが臓物と一緒に味噌仕立てにされ、香りがすきっ腹を刺激した。

仙右衛門が自らの分をよそったのを見て、幹次郎は箸をつけた。

「うーむ、これは味が染みて美味いな」

「舌の肥えた者が食うもんじゃやねえがね」

新三郎が顔を歪めて言い、茶碗酒を呑んだ。

幹次郎らは黙々と猪の臓物鍋をお代わりして食べた。箸を休めた仙右衛門が、

「父つぁん、危ない橋を渡ってくれる気はあるか」

と新三郎の顔を見て尋ねると、

「金次第だな」

と新三郎は即座に応じた。

「おれも歳だ。それにこっちに来て、女ができた。この女の在所が青梅でね、家に戻って暮らさないかというんだ。江戸育ちが青梅くんだりで、今さら百姓の真似事もできねえや。よく聞くと渡し場の船頭の口がないこともないという。十両

で渡し場の株が買えるというのさ、河原に茶店もついているそうだ」

「父つぁん、悪い話じゃない」

「会所が助けてくれるか」

「父つぁん、武州屋総右衛門のことならなんでもいい。急ぎ探り出してくれめえか。とくにふだん総右衛門がどこに住み暮らしているかが知りたい。そして、もうひとつ武州屋が無理をする背後に公儀の役人が控えていないか。与力同心なんて小物じゃないぜ。幕閣のひとりだな」

「厄介な御用だな」

「そう、厄介だ」

「出戻り娘のお八重が鍵だな。総右衛門が冬の鯉のように動かない分、代貸なんぞとの連絡はお八重がつけているんだ。大物がいれば仲介役は女将だ。今晩からお八重を見張ってもいいぜ」

「よし、話は決まった」

仙右衛門が猪の臓物鍋の小丼を卓に置くと懐から財布を出し、

「この五両は前払いだ。父つぁんが武州屋のことを探り出してきた暁には、渡し場の株を買うくらいの金子は七代目が都合なさろう」

と新三郎の前に置きながら、

「余計なことだが、この五両、最前の女衆に渡しておくんだな。ここの払いは済ませておく」

「番方の眼は節穴じゃやないな」

「おれたち、吉原者だぜ。女の目つきでなにを考えているか分からないようじゃあ、会所の御用は務まらない」

新三郎の目が幹次郎に向けられた。

「直ぐに分かり申した」

と答えた幹次郎が、

「新三郎どの、武州屋、聞くだに油断のならない人物とみた。気をつけられよ」

「分かりましたよ、お侍」

「その上で無理を言うようじゃがこの御用いささか急ぐ。われら、いったん吉原に戻り明日の夕刻、この店に戻って参る」

「それまでには目処をつけておこう」

と新三の父つぁんが約束し、卓の上に仙右衛門が一分の呑み代を置いた。

「珍しいこともあるもんだ」

仙右衛門が言い出したのは大木戸を潜った辺りだ。

「珍しいとはなんでござろうか」

「神守様が新三郎に探りを急かしたことですよ」

「松の内などあっという間に終わるでな」

「わっしらの今市行を気にしていなさるので」

「それもある」

「他になにか」

「内藤新宿を乗っ取った男が吉原を狙っておる。吉原にとって呑気に構えていてよい話ではなかろう」

「いかにもさようでございますよ。急ぎ吉原に戻り、武州屋潰しの策を練らねばなりませんね。こいつはたしかに速戦即決の話だ」

「で、ござろう」

ふたりで問答を交わしながら、四谷大通りを飛ぶように歩いていた。

「番方、武州屋総右衛門が鳥屋の儀助らを手先にして吉原の初買いを邪魔したのなれば、われらも儀助らを使えませぬかな」

「ほう、どういう手立てでございますか」

「儀助は初買いの日の稼ぎをだいぶ誤魔化(ごまか)して懐に入れておる」

「たしかに被害は六十七両余り、飾り物は十四本だった。それを代貸の紋三郎に渡したのは四十七両二分ほど、二十両ほどを猫糞してやがる」

「そいつを逆手に取り、仏の紋三郎に儀助の猫糞を知らせ、反対に儀助には、武州屋が島送りになっている親父の島抜けをやる手立てはなにもないと知らせるのです」

「つまり内輪揉めをさせようという仕掛けにございますな」

「いかにもさよう」

しばし沈思しながら歩いていた仙右衛門が、

「会所に戻って七代目に相談申し上げましょうか」

「はい、それに武州屋と儀助らが揉めるようなれば面番所にひと働きしてもらいましょうか」

「ふだんは会所のかすりで美味い汁ばかり吸っておりますからな」

「気にかかるのはひとつだ」

「武州屋の背後に奉行所を動かすほどの人物が控えているかどうかですね」

「そういうことです」

「新三の父つぁんに期待しましょうか」

仙右衛門の言葉に幹次郎が頷くと、

「神守様、昼は出刃打ちの舞台、夜は内藤新宿の出張り、いささか綱渡りが続きますな」

ともうひとつの約定を思い出させた。

三

幹次郎と仙右衛門が巳之吉という若い船頭を伴い、吉原会所に戻りついたのは四つ半（午後十一時）の刻限だった。引け四つ（午前零時）までには半刻の間があった。

ふたりが四谷大通りを四谷御門のある麹町十丁目まで上がってきたとき、土手下の船着場に今しも灯りを点した猪牙舟が着き、客を下ろした様子があった。そこで仙右衛門が土手を走り下り、

「ちょいと頼みを聞いてくれないか」

と願うと、

「もう仕事はお仕舞いだ」

と若い船頭がにべもない返答をした。

「おれたち、吉原会所の者だ。おまえさんが吉原まで送ってくれるなれば、船賃の他に愛らしい女郎と遊ぶ手筈をつけるぜ。むろん遊び代は会所持ち、ただで一夜遊んで構わねえ」

「なにっ、そんなうまい話が転がっているのか、嘘じゃあるめえな」

「兄い、この長半纏を見ねえ」

仙右衛門が廓外に出るときは裏返しにして着込んでいる長半纏を表に返すと、襟元に、

「吉原会所」

の文字が染め出されていた。

「よし、乗りな」

と船頭が張り切り、一気に市ケ谷御門、牛込御門の各橋を潜り、堀が神田川と名を変えた辺りで小石川御門、水道橋とさらに抜けて、昌平橋から筋違橋、和泉橋、新シ橋、浅草橋、柳橋と来て大川（隅田川）に入った。

仙右衛門は明日の出刃打ちの舞台に立つ幹次郎の体を案じて、舟を雇ったのだ。そのことを察した幹次郎は猪牙舟に乗っている間、四郎兵衛への報告の手順と、武州屋総右衛門に届ける書状、鳥屋の儀助を誘き出す文の文面を頭の中で思案した。

幹次郎がそれらをほぼ創案し終えたとき、猪牙舟は隅田川から山谷堀を漕ぎ上がっていて、見返り柳がひっそりと立つ五十間道下に着けようとしていた。

「船頭さん、行くぜ」

「もう四つは大きく過ぎているがね」

若い船頭は大門の閉まる刻限を案じた。

「吉原には引け四つといってな、四つに一度目の拍子木を鳴らしたあと、一刻（二時間）近く間を置いて九つ（午前零時）前に、ちょんちょんちょーんと見世仕舞いの柝を入れる習わしがあるんだよ、町奉行所も黙認の仕来たりだ。引け四つは吉原ならではの刻限だ。心配しなさるな、猪牙をつないだら、五十間道を急ぐぜ」

「ほいきた」

と急に元気が出た船頭に番方が問うたものだ。

「船頭さん、好みはあるか。聞くぜ」

「えっ、そんなことまで注文していいのか」

「今晩の礼だ、言ってみねえ」

「そうだな、この形だ、大見世（大籬）は向こうが断わろう。局見世に上がる勇気はない。小見世（総半籬）で気立てがよくて、ぽっちゃりとした若い女郎がいれば文句はない。ちょいとばかり贅沢な注文かな」

「聞いた」

仙右衛門があっさりと請け合った。頭にはすでに当てがある顔だった。

大門は引け四つ前で開かれていた。そこへ駕籠で乗りつけるお店の奉公人らしい姿が見られた。お店が終わって馴染の女郎のもとに駆けつけてきたのだろう。船頭の巳之吉はそんな風景をもの珍しそうに見ていた。あまり遊里に足を運んだ経験はないのかもしれない、と幹次郎は勝手に推量した。

大門を入ると左手の面番所は閉じられていたが会所には灯りが点いていた。

「神守様、伏見町の楼に巳之吉さんを連れていってきまさあ。七代目には神守様から報告を願います」

仙右衛門が願い、幹次郎は先に会所に戻った。

小頭の長吉ら若い衆が疲れ切った表情で土間に置かれた火鉢を囲んで、引け四つの刻限を黙々と待っていた。それでも、

「神守様、お疲れ様でした」

と長吉が労い、幹次郎は尋ねた。

「夜見世に儀助の仲間は現われましたか」

「昼見世が大人しいと安心しておりましたら、夜見世になって大汗を掻かされました。いえね、こんどは徒党を組まずにお店者に化けた野郎がひとりで花魁の頭の飾り物を抜き取ると、直後に仲間に次から次に手渡していく手口で七本やられました。客の懐中物も同じで、盗られたのは三十八両ばかり、そやつらは昨日と同じく強奪したものを塀外の仲間に投げ渡したあと、大門を地味な形で出たり、吉原出入りの商人に化けたりと、あれこれと装いを変えたせいで、こいつと目星をつけても懐に奪ったものはなにひとつ持っていませんでね、白を切られて終わりだ。わっしら、あちらこちらに走り回らされただけでひとりもとっ捕まえられませんでした。情けねえったらありゃしねえ」

と長吉が嘆いた。

「小頭、そいつは徒労であったな」

幹次郎は奥座敷に通った。すると四郎兵衛は坪庭の見える座敷の長火鉢の前にいた。

「おお、ご苦労でございました。徹宵では明日の舞台に差し支えないかと案じておりました」

と応じた四郎兵衛が幹次郎の後ろを覗くように見た。

「番方は伏見町に立ち寄っておられます」

幹次郎はその事情を告げた。

「四谷御門で猪牙が拾えましたか、そいつは大助かりだ」

と得心した四郎兵衛に、

「内藤新宿で分かったことを報告します」

と前置きして、香具師の新三郎から得た知識を告げた。

「香具師の新三郎に花園社でね。こちらは貧乏籤を引きましたがな、内藤新宿に遠出された神守様方は進展がございましたかな」

と応じた四郎兵衛の口調には新三郎を知る様子が窺えた。

幹次郎は、その新三郎から仕入れた武州屋総右衛門の内藤新宿での威勢を手短に語った。

「武州屋が御家人くずれとは聞いていましたが、そんな切れ者とは知りませんでした。麴町裏の伴家ね」

「元の姓名は伴六三郎といったそうです」

「御家人伴家か、私のほうで調べてみます」

と請け合った四郎兵衛がさらに言い足した。

「御家人の暮らしはどこも内証が苦しいのは分かっていますが、あっさりと刀を捨てて算盤勘定ができる者はそうはいませんよ」

「この者、表と裏の貌を使い分けて内藤新宿で急速にのし上がったようでございます」

「武州屋の背後に御城とつながりがあるお役人が控えておりますかな」

「新三郎どのが明日の夕刻までになんぞ当たりをつけてくれるといいのですが」

と幹次郎が応じたとき、土間で仙右衛門が長吉と話す気配が奥座敷にも伝わってきた。

今夜の鳥屋の儀助らにする仕掛けの手筈を聞いているのだろう。

「四郎兵衛様、いささか事を急ぐようですが、こちらから仕掛けてはなりませぬか。武州屋一味が鳥屋の儀助ら若い連中を使ったところに目をつけ、離反させようかと考えました」

「ほう、すでに手立ても考えてございますので」

「儀助は吉原で奪った金子や飾り物をすべて内藤新宿に渡しているわけではありません。この猫糞の事実を武州屋に知らせ、儀助には島送りになっている親父の赦免など武州屋総右衛門は考えていない、ただ儀助らを利用しているだけだと書状で告げてみます。うまく両派がぶつかり合えば、その隙をこちらがつけそうな気がします」

「武州屋総右衛門、一筋縄でいく人物ではないとみましたが、番方とお芳さんを心置きなく今市に旅立たせたい神守様のお気持ちを酌んで仕掛けてみますか。書状は神守様がお書きになりますか」

「戻り道、思案してきました。認め終えたら、七代目と番方に添削を願います」

幹次郎は今晩うちに認める心積もりで答えた。そこへ仙右衛門が姿を見せた。

「番方、内藤新宿の事情、聞いた。香具師の新三郎が内藤新宿に流れていたとはな、なにか探り出してくるとよいのだが」

「新三の父つぁん、女の在所の青梅に引っ込んで渡し場と茶店の株を買い受けて隠居したいそうな。その金子が欲しい口ぶりなんでね、いささか焚きつけておきました。新三の父つぁんが武州屋の弱みを探ってきたときには、七代目、隠居料を都合してくれませんか」

「御家人くずれがどのような手口で吉原に入り込もうと考えているのか知りませんが、儀助ら若い連中を唆すやり方が気に入りませんな。むろん新三郎が武州屋の弱みを見つけたときには青梅に引っ込む隠居料は、用意します」

四郎兵衛が約束し、視線を幹次郎に戻した。

「最前の書状の一件ですがな、なにも今晩会所で認める要はございますまい。神守様には明日の舞台もございます、これから長屋に戻られてゆっくり休み、明日の朝、気分のすっきりとしたところで書状を書かれるとよい」

「なるほど七代目が仰る通りです。内藤新宿と儀助の辻番に書状を届けるのは明日の夕刻ですかね」

「こちらにも仕度が要ります、その刻限でしょうな。こたびは面番所にも汗を掻かせるつもりです。明日にも面番所と打ち合わせします」

四郎兵衛が言い切り、

「番方、巳之吉さんにはよい敵娼がおりましたか」

と幹次郎が話柄を転じた。

「伏見町の小桃がうまく茶を挽いておりました。あの女、真の歳は二十四、五はいっているはずだが肌の張りもあって、どうしても十八、九にしかみえません。それにだいいち気立てがいいや、なぜ小桃のような女郎が売れっ子にならないのか、わっしには不思議なんですがね、巳之吉さんはえらく気に入ったようです」

「番方、こたびの一件で巳之吉さんになんぞ願おうと考えておられませぬか」

「神守様は油断がなりませんな、こっちの考えを見通しておられる」

と仙右衛門が笑った。

「ええ、巳之吉さんの船宿は和泉橋にあるそうですが、長屋のある四谷御門の船着場にある猪牙舟を勝手に使ってよいとの許しがあるそうです。そこで武州屋と儀助に書状を届ける役目、巳之吉さんにやってもらおうかと考えたところです。その胸中をあっさりと神守様に読み通された」

と仙右衛門が笑った。

「番方は深慮遠謀だ」

「神守様の勘には敵いませぬ」

「七代目のお許しが出た、今晩はこれで帰らせてもらいます」

幹次郎が立ち上がると、

「汀女先生に正月うちから働かせて相すまぬと謝っておいてください」

と四郎兵衛が笑って送り出した。

幹次郎が会所を出ると引け四つの拍子木が響いてきて、長吉らが大門を閉じるところだった。

「お帰りですかえ、明日は大変ですぜ」

と長吉が言いかけた。

「鳥屋の儀助らがどのような手で仕掛けてくるかのう。これ以上、吉原の評判を落としてもなりませぬでな」

「こちらも大変ですがね、わっしが言うのは神守様の舞台にございますよ」

「それがしは紫光太夫の技を信頼して合わせればよいことだ」

「今日の夜の部で吉原の裏同心は出演せぬのかと客が騒いだそうですぜ。明日の昼は長蛇の列ですよ」

「そのようなことはあるまい」

「奥山でいちばん美形の紫光太夫と吉原会所の裏同心の顔合わせに立錐の余地もない舞台になりますって」

長吉が請け合い、

「それがしはあと二日、約定通りの役をこなすだけだ」

と言い残した幹次郎は大門を出た、するとその背で大門がゆっくりと閉じられた。

翌朝、幹次郎が浅草田町の花の湯で朝湯を使っていると隠居の小三郎が、

「おや、神守の旦那、吉原会所から奥山に鞍替えしたそうだな」

と笑いかけた。

「ご隠居、鞍替えではござらぬ。いささか太夫に恩義があってな、三日間だけ舞台を務めるだけだ」

「知っているかえ。昨日の夜、騒ぎがあったのを」

「会所で聞き申した。それがしは昼席だけの約定でな、夜まで舞台を務めるとなると、それこそ吉原を追い出されるわ」

「いいじゃないか。奥山の美形太夫に拾ってもらいねえな」

十年前まで大工の棟梁だった隠居が無責任なことを言った。朝湯でたびたび顔を合わせて、冗談を言い合う程度の間柄だった。

「われら、吉原には夫婦で世話になる身、さようなわけにはいかぬ」

「そうか、あんまり女の尻ばかり追うて職を替えておると女房どのが悋気する か」

「そのようなこともございませぬがな、隠居、それがしが舞台に上がる余興は今日と明日の昼席だけじゃぞ」

「ふーん」

と鼻で返事をした隠居が、

「ともかく今日の奥山は見物だぞ、舞台がじゃねえ。詰めかける客を座元がどうさばくかねえ」

と呟いたものだ。

長屋に戻ると汀女が、

「幹どの、奥山から使いが来て、昼にひとつ舞台を増やすそうな、半刻ほど早く楽屋入りしてくださいと座元の言づけを残していかれましたよ」

「なんと、慌ただしいことになった。それがし、これから書状を二通も書かねばならぬ。姉様と違ってふだん筆などとらぬでな、時間がかかろう。困ったぞ」

と、いささか予定が早められたことに慌てた。

「幹どのが書状にございますか。またそれはどちらの女性に宛てたものですか」

「女ではない。行きがかりでな、それがしが騙し文を書くことになった」

と箱膳の前に座りながら、幹次郎は事情を汀女に告げた。

雑煮を椀に盛った汀女が、

「それでは格別幹どのの手跡でなくともよいのですね」

「書状の差出し主の身許を明かすわけではない、ゆえにそれがしが書かずともよい。じゃが、かような文を他人に頼むわけにもいくまい」

「おや、他人に願わずともようございましょう」

「だれかおられるか」

「目の前に女房がおりましょうに」

「おお、忘れておった。そうか、姉様なればさらさらと二通の書状など書いて仕舞われるな。それに受け取った武州屋総右衛門も鳥屋の儀助も女の手跡になる書状を受け取り、だれであろうかと頭を捻ろうな」

「女の私のほうが却って信憑性が増すというものです」

「いかにもいかにも」

と応じた幹次郎は、

「気が楽になった。姉様、まず、内藤新宿で急速にのし上がってきた武州屋総右衛門は御家人くずれの人物でな」

と武州屋の人物を、雑煮を食しながら説明した。

「この武州屋にはどのような内容の書状を認めますな」

「吉原を正月二日から騒がせておる辻番の儀助一味を操っておるのが武州屋一統だが、儀助は奪った金品の一部を猫糞しておる。まずそのことに触れて、次いで猫糞の額を挙げて告げ知らせる内容だ」

と事細かく汀女に告げた。

汀女は幹次郎の話を聞きながらすでに頭の中で文章を纏めているらしく、時折首肯しながら聞き終えた。

「続いて辻番の儀助じゃが、文はひらがなだけでよかろう、漢字など読めぬかもしれぬからな。こやつが武州屋の下働きをするのは島送りになった親父の赦免を武州屋が手配りすると約されたからだ。武州屋総右衛門がほんとうに島送りの者を赦免できる力を持っているか、あるいはそのような人物と昵懇か、その辺の真相はまだ分かっておらぬが、儀助には武州屋がそのような力もなければ、動いてもいないということを信じさせたい」

次いで、幹次郎が知り得ることのすべてを、朝餉を食しながら汀女に説明した。話を聞き終えた汀女はしばし沈思していたが、文机に向かい巻紙にさらさらと文章を認め始めた。

四

奥山の見世物小屋の前に並ぶ長蛇の列が出刃打ちの客とは幹次郎は最初思いつかなかった。予想しなかったわけではないが、昼前の四つ（午前十時）過ぎから並ぶ行列が紫光太夫と幹次郎目当てとはどうしても思えなかったのだ。だが、驚きはそれだけでは済まなかった。

見世物小屋の裏口に回り、楽屋というにはあまりにも貧寒とした道具部屋の片隅で舞台衣装の継裃に着替えていると、客席のほうからざわざわとした熱気のような気配が伝わってきた。

幹次郎は急いで着替えを済ますと紫光太夫に挨拶に行った。

「神守様、お陰様で大入り満員の盛況にございます。それもこれも偏に神守様の至芸があればこそ」

「太夫、それはない。そなたの芸を客がようやく認めたということだ」

と応じた幹次郎が、

「本日はひと舞台増やすと聞いたが、いつ客入れじゃな」

「すでに客は入っております。神守様の仕度がよろしければ、いつでも始められます」

と紫光太夫が嫣然と笑った。

「なにっ、すでに客が入っているとな」

あの静かな熱気は客がいたせいか。

「神守様、客席だけではございませんぜ、舞台の三方に客がすし詰めで座っておりますぜ」

と座元の本丸亭弐角が拍子木を片手ににこにこと笑いながら姿を見せた。

「真に舞台に客を入れたのか」

「いくら三が日とはいえ、この数年こんなこと、あった例はございませんや。太夫様様、神守大明神様様でございますよ」

と大きく頷いた座元が手にした拍子木を、

ちょん

と鳴らした。するとざわめきが、

すうっ

と引いて、静かな緊張が取って代わった。

「太夫、舞台に客を入れたとなると昨日のように出刃を木刀で撥ねる芸はできまい。万が一、客に怪我をさせてもいかぬでな」

「神守様の腕前なればそのような仕損じはございますまい。なあに、あの芸のときは出刃の刃と切っ先を丸めた道具を使いますよ」

「こちらは木刀ではなく袋竹刀に代えよう」

「座元が言うようにこのような大入り満員、何年に一度のこと、いえ、十年に一度あるかなしかの大当たり、いけいけで昼の四舞台を乗り切りましょうよ」

と言った紫光太夫が舞台衣装で傍らをすり抜けながら、幹次郎の耳たぶに唇でそうっと触れていった。すると太夫の体から芳しい匂い袋の香りがした。

八つ半（午後三時）過ぎに幹次郎は見世物小屋の裏口を出た。すると裏口に待ち人がいた。

鳥屋の儀助だ。

むろん幹次郎は儀助の顔を承知していたが、

「木戸はこちらではないぞ」

と客と勘違いしたふりをして教えた。

「裏同心の旦那、おれの面を見ても驚いたふうもないな」

右手を襟元に突っ込んだ儀助が歩み寄りながら言った。

「正月の廓内を騒がせた相手がだれかぐらいたちまち承知しておらぬとな」

「あの程度の騒ぎじゃ、吉原会所はびくともしないというわけか」

「そうでもない。初買いは吉原にとって大事な書き入れ時だ、それをな、汚されたのだ。評判はがた落ちであろう」

「その割には、裏同心は奥山の舞台に平然とした面で立ってやがる、どういうことだ」

「太夫はそれがしの師でな、前々からの約定を果たしたまでじゃ。恥をかきかき、太夫の相手方を務めておるところだ」

「舞台は見た」

「それならば客ではないか、礼を言っておこう」

幹次郎はそう答えながら、なぜ儀助が会いに来たか、見当がつかないでいた。

「吉原会所はおれの背後に控えている者がだれか承知で仲違いを企ててやがるか」

「ほう、それはまた穿った見方だな。こちらにはなんのことやら、一向に考えもつかぬがな」

幹次郎は見世物小屋の前から吉原に一番近い随身門へと向かった。すると儀助が幹次郎を追ってきて、左方にぴたりと寄り添った。

幹次郎が居合を使うことを承知して左に従ったのだろう。若いがなかなか頭が回る若者だった。

「弟の玄次らを捕まえたのはおまえさんと番方だってな」

「浅草寺は吉原の縄張り内のようなところだ。目の前で荒らされては致し方あるまい。弟のことで文句をつけに来たか、儀助」

「弟は会所の面々の前で仕事をするしくじりをしでかしたんだ。捕まっても仕方あるまい」

「初めてお縄になったのなら、白洲に引き出されることもなく大番屋で懲罰を受けて放免されよう」

「まあ、そんなところだろうよ」

と儀助も気にするふうはない。

「儀助、なんの用だ。用があるならば申せ」

「裏同心の旦那、おれのことをどこまで承知なんだ」

儀助が幹次郎の横顔を見て言った。

ふたりは随身門から鷭御場の前に出ると、浅草寺の境内の北側の道を西へと歩いていった。

「そなたのことか。くそ度胸と肝っ玉でなんとしても一廉の者に成り上がろうと企んでおる若い衆だな、今時珍しい感心なことよ。その上、島送りになった親父をなんとか赦免にできぬかとあれこれ考えて画策しておる孝行息子でもある」

「ほう」

「一方で、幾三ら手下を使い捨てることなど屁とも思っておらぬ。と思えば、残された身内の長屋に一両小判を投げ込ませる憐憫の情も持っておる。それがしもどう捉えてよいか、いささか迷っておる」

「面白い」

「内藤新宿の武州屋総右衛門の目を誤魔化すのはなかなか難しかろう」

「やっぱりそうか」

と儀助が言った。

幹次郎は儀助が吉原会所の動きを承知で接近してきたと悟った。ならばこちらの手の内も正直に話すしかない。

「そなたが一家を構えるために武州屋の力を借り受けようとしたことには、いい面と悪い面がある。武州屋は御家人くずれながら、なかなか商才に長けた御仁のようだ。まだ拝顔の栄に浴してはいないが、この手合い、そなたらを身代わりに奉行所に差し出して、生き残る術を承知しておる。そなたらは使い捨てだ」

「そんなことは分かって付き合ってきたんだよ」

「儀助、伴六三郎の顔を見たことはあるか」

しばし沈黙して歩いていた儀助が顔を横に振った。

「そなたが命を張っても生き残れるかどうか」

儀助が素直に頷いた。

ふたりは畑屋敷の田圃から疏水沿いに北に道を曲がった。

「吉原会所は武州屋をどうする気だ」

「内藤新宿で威勢を張っている分には文句はない。だが、御免色里を乗っ取ろうなんて考えておるとしたら、会所は総がかりで武州屋一味を潰すことになる」

「おれはどうなる」

「会所は使い走りに用はない」

「見逃すというのか」

「話次第だな」

と答えた幹次郎は足を止めて、儀助と向き合った。

「なぜそれがしに会いに来た」

儀助が襟元の手を抜くと文が握られていた。

汀女が儀助に宛てて書いたひらがな文だ。

この文、四郎兵衛が見た上で、船頭の巳之吉が今夕に辻番に届けるはずのものだった。四郎兵衛が読んだあと、番方の手で巳之吉に託されたはずであった。それが半日も前になぜ儀助の手に渡ったのか。

「これはおめえの女房が書いたものだな」

「姉様が書いたことまで分かっておるのか」

「おめえは会所の用心棒じゃねえ、知恵袋だ。こんなひらがな文を細工できるのは汀女という名の女房か、三浦屋の薄墨だ」

幹次郎は苦笑いするしかなかった。

「図星だな」

「当たった」

「裏同心の旦那、女房に言ってくんな。鳥屋の儀助は候文くらい読み書きできるってな。十三の歳から何年か、仏具屋に奉公した身だ」

「それは失礼致したな。そなたを見誤ったようだ。分からぬのはその文がそなたの手に早く渡った経緯だ」

と幹次郎は正直な気持ちを告げた。

「偶さか下谷三筋町の辻番に顔を出したと思いねえ。すると昼番の爺どもが、おれ宛てに文を投げ込んでいった男がいると渡してくれたんだよ」

巳之吉は、儀助が辻番に夕刻にしか来ないことを見越して刻限を守らずに文を投げ込んだということだろう。

「それで辻褄が合った」

「この文はおれの手に夕刻に渡るべきものだった」

「いかにもさようだ」

「武州屋総右衛門にも別の文が届けられているのだな」

「夕刻までには届こうな」

「会所は武州屋とおれを離反させようと、こんな文を造った」

「お見通しであったか。そなたが褒めるほどにそれがしは会所の知恵袋ではなかったわけだ。ただの愚か者であったな」

「互いに立場を認め合ったところで、話し合いたいのさ」

「それがしはただの会所の用心棒だぞ」

「そんなことはどうでもいい。武州屋の恐ろしさは知らないわけじゃない。だが、お上が背後に控える吉原会所のほうがもっと怖い」

「吉原会所につくというか」

儀助が頷き、

「文にあるように武州屋が親父の赦免を真剣に画策しているとは思えねえ。おれたちを都合よく使っているだけだ」

「それを承知で使われているように見せかけ、吉原で仲間に抜き取らせた金子や飾り物を懐に入れていたか」

「武州屋は信用できねえと言ったぜ」

「もはや、そなたらが武州屋と組むことは叶わぬ、そなたの猫糞は相手に伝わっておるでな」

幹次郎が念を押すと、

「武州屋ははじめっから信じちゃいねえと答えたぜ」

と繰り返した。

「儀助、そなたが会所に庇護(ひご)を求めるならば、誠意を示さねばなるまいな」

「もう廓内で悪さはさせない。今日はだれも吉原に入らせてねえ」

「そなたらが悪さをするのは日に日に難しくなっておる」

幹次郎は事実とは違う言葉を吐いた。

「それだけでは足りぬというかえ」

「そなたは利発(りはつ)な考えの持ち主だ。武州屋がどんな御仁か、知らぬで済ませたわけではあるまい。総右衛門について知ることはないか」

「正直言って武州屋総右衛門については、分からないことばかりだ。体が大きいのか小さいのか、どんな面構えか、歳はいくつか、なにも分からねえ。代貸の仏の紋三郎だって、そう始終顔を合わせているわけではあるめえ。出戻りのお八重が総右衛門の意向を紋三郎らに伝えていると聞いた」

「ふだんどこに住んでおるかも分からぬか」

幹次郎の問いに儀助が顔を横に振り、ふと、なにかに気づいたように、

「旦那、ちょいと時を貸してくれねえか」

「どれほど待てばいい」

「今晩ひと晩貸してくんな」

幹次郎は武州屋一統と儀助らを対立させる企てが壊れた以上、儀助らを味方につけて、総右衛門の動静を探るのも手かと思った。

「儀助、時は今晩ひと晩だぞ。総右衛門の背後に控えている者がいるかいないかも知りたい」

「裏同心の旦那、要求がきついぜ」

「そなたが武州屋に取って代わるためだ、それくらいの働きをせよ」

「くそっ」

と罵り声を残した儀助が今歩いてきた道を小走りに戻っていった。

大門前で足を止めた幹次郎が面番所のほうを覗くと村崎季光同心が顎に生えた無精髭（ぶしょうひげ）を抜いていた。

「退屈そうですな」

「裏同心どのは多忙じゃな。出刃打ちの舞台に立ってどれほど稼いでおるのだ」

「教えを乞う師匠から金子などもらえましょうか」

「なに、あれだけ客を寄せてただ働きか。となると紫光太夫の体が礼代わりか」

「村崎どの、それがし、女房持ちの身にございますぞ」

「なにを言うておる。吉原でも薄墨太夫の心を射止めたのはそなたではないか。ああ、羨ましいかぎりじゃな」

「そのような戯けたことより本日の廓内はどうですな」

「悪餓鬼どもの跋扈か、面番所が厳しく眼を光らせておるでな、本日はまだなにも起こっておらぬな」

「それで無精髭を抜いておられましたか。まずは髪結床に参られるのが女性に好かれる第一歩かと思いますがな」

「言うわ、裏同心が」

と応じた村崎同心と別れ、幹次郎は会所の敷居を跨いだ。

そろそろ昼見世が終わる刻限で、会所にはだれもいなかった。

幹次郎は刀を外すと奥座敷に向かった。

座敷に四郎兵衛と仙右衛門がいた。

「奥山は大変な騒ぎじゃそうな、一方こちらはえらく静かにございましてな」

「七代目、なによりではございませぬか」

「うーむ、神守様の顔つきがおかしいぞ」

と四郎兵衛が幹次郎を睨んだ。

「武州屋と儀助一味をぶつけようという策は崩れました」

「それはまたどういうことにございますかな」

幹次郎は儀助が見世物小屋の裏口に待ち受けていた経緯の一部始終をふたりに語り聞かせた。

「しまった、素人に文の投げ込みを頼むのではなかった」

仙右衛門が悔やんだ。

「番方、船頭の巳之吉さんを責めるのは酷でござろう。儀助が辻番所に昼間顔を出した運を褒めねばなりますまい」

「いえね、巳之吉さんは小桃にひと晩で骨抜きにされて、締まりのない顔でしたからな、そのとき、こちらが気づくべきでした。まさか吉原の帰りに下谷三筋町の辻番所に文を入れていくとは考えもしませんでしたよ」

仙右衛門が顔をしかめた。

「いや、儀助はなかなかの人物にございますよ。あやつがこちらの味方になってくれたとしたら、姉様も文の書き甲斐があったというものです」

「武州屋の一件、いささか時間がかかりそうですな」

四郎兵衛が覚悟したように言った。

「策の練り直しです」

と仙右衛門が応じた。

「吉原のかっぱらいの横行がなくなったのです、よしとしませぬか」

「神守様、わっしも腰を据えました。お芳との今市行はこの騒ぎが終わったあと、ゆっくり行きますよ」

と自らに言い聞かせた。

「番方、どうです、これから内藤新宿に向かいませんか」

幹次郎の提案に仙右衛門が、よし、と立ち上がった。

第三章　凧揚がる

一

抜弁天近くの猪の臓物鍋が売りの食いもの屋にふたりが辿りついたとき、正月四日の暮れ六つ（午後六時）を過ぎた時分だった。

食いもの屋には格別に正月気分が漂っているわけではない。それでも馴染の馬方や駕籠舁きが一日の終わりを締め括るように酒を呑んでいた。

「まだ新三の父つぁんは来ていませんね」

と仙右衛門が食いもの屋の中を見渡し、小上がりが空いているのを見て草履を脱いだ。

「昨日の今日です、そう容易くは探り切れないのではないかな」

幹次郎は座布団に腰を下ろした。

「いらっしゃい」

昨日新三郎に、酒を呑み過ぎるなと注意した女衆が七輪を抱えて姿を見せた。

七輪は臓物鍋用でもあり、暖房代わりに使われたりもするようだ。

「新三さんがお目当てね」

「そうだよ、姉さん。待たせてもらっていいかい」

「客ならばなんの文句もないわ」

と応じた女はなんとなく昨日よりふたりに親しみを見せてきた。

仙右衛門が新三郎の古くからの知り合いであり、新三郎が吉原会所のために動いていることを承知している気配があった。

「酒は新三の父つぁんが来てからにしよう。なんぞ見繕って飯を食わせてくれないか」

「吉原の人の口に合うかねえ。昨日は臓物鍋だったわね、寒ブリの照り焼きでどう」

「文句はない」

幹次郎は遅い朝餉のあと、なにも食していなかった。仙右衛門も同じようなものだろう。

寒ブリの照り焼きに大根の煮つけ、わかめの味噌汁はどれもなかなかの味で、ふたりは満足して夕餉を終えた。

渋茶を何杯も啜ったが新三郎が姿を見せる様子はない。

「いささか苦労していますかね」

「ここでひと稼ぎして在所に引っ込みたいというので、無理をしているのではなかろうか」

「相手が相手だ、厄介な目に遭っていなきゃあいいが」

とふたりは顔を見合わせた。

幹次郎は、探索の素人の新三郎に事を急かしたことを悔いていた。だんだんと締めつけられるような不安を感じ始めていた。

食いもの屋には新たな客が入ってきて、前からいた駕籠舁きふたりが出ていった。そんな光景を何度か眺めたあと、仙右衛門が、

「女に当たってみますか」

と幹次郎に問うた。

ふたりの視界の先で女衆が新たに入ってきた客の注文を聞いていたが、ちらり

とこちらを気にする様子も見せた。

「姉さん、手隙のときにちょいと」

仙右衛門が声をかけると女衆が頷いた。客の注文を台所に通した女衆がふたりの小上がりに来た。

「新三さん、遅いわね」

「ちょいと遅いな。姉さん、在所は青梅村かえ」

仙右衛門の問いに女衆が頷いた。

「名はなんと言いなさる」

「おしん、ですよ」

と言いながら小上がりに腰を下ろして、斜めに体を傾けてふたりに向き合った。

「わっしらがどこの者か承知だね」

「吉原の方だと」

「新三の父つぁんに聞いたか。ならば話が早いや。昨日、父つぁんに頼みごとをした。そいつも承知かな」

おしんが頷き、

「この一件が終わったら青梅に行っていいと言いました」

「新三の父つぁんに願った頼みごとがうまくいったら、纏まった金子を会所が払うことになっていた」

「お客さん、新三さんへの頼みごとは危ないことなんですか」

「無理をしてなきゃあいいがと案じているところだ。姉さん、新三の父つぁんが内藤新宿で心を許した仲間はいるかえ」

「新三さんは土地の者ではありませんからね、内藤新宿外れの祭礼を回ってほそぼそと稼いでおりましたから新宿には」

「いねえか」

仙右衛門の言葉におしんが頷いた。

「昨夜、おれたちがここを出て、新三の父つぁんはどこか行ったかえ」

「四半刻（三十分）も過ぎたころ、私を呼んで五両を預けて、花園社に戻ると出たままなんです」

「そのあと、父つぁんに会ってないのか」

「いえ、明け方、長屋に戻ってきて私が仕事に出ていくとき、会所の連中が来たら待たせておけと布団から言葉をかけてきました。そのあと、どこへ出かけたか、だれと会ったか知りません」

とおしんが説明した。

五つの時鐘を聞いてから半刻は過ぎていた。

表にがたんと音がして、空の駕籠が放り出されるように停められて駕籠舁きふたりが血相変えて店に入ってきた。最前までこの食いもの屋で丼飯を食っていた駕籠舁きだった。

「おしんさん、いるか」

ひとりが台所に向かって叫んだ。

「わたしゃ、ここですよ」

おしんが小上がりからぴくりと立ち上がった。

「てえへんだ」

「どうしたの、なにがあったの」

「は、花園社前で客待ちしようと戻ったらよ、境内に御用聞きがいるじゃないか。そんでよ、御用提灯の灯りに血塗れの顔が浮かんだんだ」

「まさか」

「そのまさかだよ。新三さんの顔だよ、あれは」

「間違いっこねえよ、毎晩のようにここで会っているもの」

と駕籠舁きふたりが言い合った。

「ああっ」

と驚きの声を発したおしんが幹次郎と仙右衛門を顧みた。ふたりは立ち上がり、仙右衛門が、

「確かめてきますぜ、おしんさん」

と言った。

「私も行くよ」

「いや、ここはわっしらに任せねえ。必ずここに戻ってくるからな、わっしらを待つのだ」

「いや、一緒に行きたい」

「おしんさん、いささか危ないことになるやもしれぬ。われらに任せよ」

幹次郎もおしんを引き止め、ふたりは食いもの屋の外へと飛び出そうとした。

「おふたりさん、骸（むくろ）があったのは神社の横手の暗がりだよ」

と駕籠舁きのひとりが言った。

「分かった」

ふたりは抜弁天から花園社まで一気に駆けた。

花園社の境内で駕籠舁きが見たという新三郎の骸は、拝殿の横手にも見えなかった。すでに番屋に運ばれたか。またどこにも御用聞きの姿や御用提灯の灯りが見えなかった。

ふたりが脇の鳥居を潜ると血の臭いがかすかに漂っていた。

「それがしが新三郎どのを唆けていささか無理をさせたようだ」

「神守様、そいつはわっしも同罪だ。なにより新三の父つぁんはおしんと青梅に引き籠ろうと無理をしたんですよ。だれがどうという話じゃない」

仙右衛門が答えたとき、花園社の横手から、

ふわり

と姿を見せた人影があった。

互いに暗がりで姿を確かめ合った。

幹次郎らと対面する相手は、羽織を着て、股引を穿いた様子から御用聞きと知れた。

「大木戸の親分かえ、久しぶりだね」

「ほう、吉原会所が内藤新宿に出張っていたか。つまりは最前まで転がっていた骸の身許を知っているってわけだな」

「香具師の新三郎ではございませんか」

「やっぱりな、新三郎は在所廻りの香具師でほそぼそと暮らしてきたんだがな、なぜ、あんなむごい仕打ちを受けたかと思っていたら、吉原会所のお出ましだ。話を聞かせてもらおうか」

「大木戸の親分、分かった。だが、ここはいけねえ、少し場所を変えないか」

「いいとも」

大木戸の親分と仙右衛門に呼ばれた御用聞きがふたりを子安稲荷の境内に連れていった。

「ここなら武州屋の眼も光るめえ」

「ほう、大木戸の親分は新三郎を殺ったのが武州屋総右衛門と見当をつけてなさるか」

「ここんところの殺しの背後に武州屋の名が取り沙汰されなかったことなどないからな。吉原会所は前々から新三郎を手先に使っていたのか」

「そうじゃございませんので」

仙右衛門は覚悟を決めたように吉原の初買いの日に始まる騒ぎの一部始終を掻い摘んで話した。その上で、

「そんなわけで内藤新宿に出張ってきて花園社の境内で昔馴染の新三の父つぁんに声をかけられたのでございますよ」

「それで素人に武州屋の身辺を探らせたというわけか」

「いささか迂闊でした」

「武州屋はなかなか強かな野郎でな、おれだって、まともに面を見たのは一、二度だ。そいつもちらりとでよ、姿かたちを説明しろと言われれば、なんだか曖昧で言葉にならねえ」

「御家人くずれだそうですね」

「麹町裏に屋敷を構えていた貧乏御家人が内藤新宿に転がり落ちてきて、今や内藤新宿を牛耳ってやがる」

「そいつが官許の吉原にまで手を伸ばそうというのでございますよ。親分、見逃すわけにはいきますまい」

「いくめえな」

大木戸の親分が応じたが、幹次郎はなにかまだ親分には口にしていないことがありそうだと、初老の御用聞きの親分を見ていた。すると不意に視線が幹次郎に向けられた。

「お侍はやっぱり会所の関わりのお人かえ」

「お初にお目にかかる、神守幹次郎にござる」

「神守様、大木戸の五郎蔵親分ですよ」

仙右衛門が幹次郎に紹介した。

「裏同心と呼ばれる凄腕のお侍さんか、噂にはたびたび聞かされたが会うのは初めてですな」

と幹次郎をしげしげと見て、

「武州屋総右衛門と嚙み合えるのはこのお侍かもしれませんな」

と呟いた。

「伴六三郎は長巻の達人だそうですね」

「なかなかの遣い手とは聞くが、その技を見た者はだれもいない」

五郎蔵が顔を横に振った。

「親分どの、新三郎どのは武州屋に殺されたとみてようござるか」

と幹次郎が訊いた。

「わっしは今晩さる知り合いの家に年始に呼ばれておりましてね、帰り道、花園社の前を通りかかったとき、拝殿の脇から女の声でぎゃって驚きの声が上がったんでございますよ。それでわっしと提灯持ちの手先が最初に悲鳴のところに駆けつけたってわけだ。こいつはね、武州屋にとって見込み違いだろうな、いつもは武州屋の使い走りに成り下がった仲町の中造親分が最初に駆けつけてさ、骸をいじくり回して、武州屋を臭わせる証はすべて消し去ってしまうのさ。だが、こんどばかりは中造に都合のいいことはさせねえ。あやつが駆けつける前に、わっしが立ち会っていたんだからね」

「大木戸の親分、新三郎の骸は血塗れだったと聞いておりますが」

「番方、わっしが駆けつけたとき、新三郎は死んではいなかったよ」

「なんですって、生きていた」

「匕首でどてっ腹から胸を何か所か抉られて虫の息だったが、たしかに生きていた。そして、わっしの手を摑んで、油断した、と言ったんだ」

「油断した、それだけですかえ」

「ああ」

「大木戸の親分、この武州屋の一件、親分と会所の狙いは同じなんだ。手を握り合えると思ったんだがね」

「ちえっ、横から吉原会所が来て、年来の狙いの手柄を掻っさらっていきやがるか」

「親分さん、うちは手柄なんぞは欲しくねえんだ。武州屋風情に吉原を掻き回してほしくねえだけだ、そのために内藤新宿までのしてきた。青梅村に女と一緒に引き籠ることを楽しみにしていた新三の父つぁんを殺されたとなれば、会所の狙いはひとつだけ、父つぁんの仇を討って武州屋を潰すだけだ。あとは五郎蔵親分方の好きにしなせえ」

しばし沈思していた五郎蔵が、よし、と肚を決めたように言った。

「新三郎は、『油断した。ぶ、武州屋の紋三郎に殺られた』と言い残して、おれの手にこいつを握らせたんだよ」

五郎蔵が羽織の左の袖から手拭いを摑み出して広げて見せた。

子安稲荷の常夜灯の灯りに血塗れの根付があった。

仏と鬼の顔の根付だった。

「こいつは紋三郎の自慢のものでな、煙草入れにぶら下げられている仏と鬼の根付を見せて、話次第で鬼にも仏にもなると紋三郎が脅す道具なんだよ。内藤新宿では知らない者はいない代物さ」

「新三の父つぁんは紋三郎の腰からそいつを引きちぎったってわけですね」

「そうとしか考えがつかねえ」

「まず間違いのないところですね」

仙右衛門が言ったとき、幹次郎は子安稲荷の境内に忍び寄ってきた影と殺気を感じていた。花園社からなんとなく尾行の気配を察していた。

「番方、親分どの、おでましだ」

うーむ、と応じた五郎蔵が根付を手拭いに包んで懐に突っ込み、帯前の十手を抜いた。ふたりも尾行者の存在を知っていたのだろう。

「だれの差し金だと訊くほどもねえか。わっしの懐のものが狙いかえ」

大木戸の五郎蔵親分の啖呵が忍び寄る影に飛んだ。

姿を見せたのは剣客風の浪人四人で顔に覆面をして隠していた。

「それがしに任せてもらおう、親分どの」

「噂の剣術、拝見させてもらいましょうかな」

五郎蔵親分が十手を構えたまま下がった。

幹次郎はすでに抜刀した四人の前に立つと、

「武州屋にいくらで頼まれたたな」

と訊いた。

「武州屋となな、そのような者は知らぬ」

「では、大木戸の親分どのになんの用事じゃな」

と言いながら幹次郎は鯉口を切ると間合の内に自ら踏み込んだ。半円に位置を取った四人の力を判断し、突きと八双に構えを取った正面のふたりに狙いを定めた。左右の両人は真ん中のふたりの動きを見ていた。

幹次郎の腰がわずかに沈んだ。

正面のふたりが踏み込んできた。

八双が突きよりわずかに早い。

幹次郎は相手の動きを見て、無銘ながら江戸の研ぎ師が豊後行平と鑑定した刃渡り二尺七寸（約八十二センチ）の大業物を抜き放つと八双の相手の腰を抜いていた。

ああっ

幹次郎は斜め横に跳び、突きは狙いを外された。

悲鳴が上がり、もんどり打って八双が幹次郎の体の横に転がった。次の瞬間には突きの剣を引き戻そうとした相手の肩口を二尺七寸の剣が襲って、その場に押し潰した。

一瞬の早業だった。

そのとき、どこからともなく梅の香りが幹次郎の鼻孔に漂ってきた。

生と死の　はざまに香るや　夜の梅

そんな駄句が幹次郎の脳裏に浮かんで消えた。

左右のふたりが逃げ出した。

「ふうっ」

と大木戸の五郎蔵親分の口から溜息が漏れた。

「親分どの、新三郎どのの骸とはどこで対面できましょうかな」

と血振りをくれた幹次郎が訊いた。

「大木戸の番屋に運んでございますよ」

「この者たちの始末は」

「仲町の中造に始末させるのがうってつけにございますよ」

五郎蔵が言い放ち、子安稲荷の裏口へとふたりを案内していった。

二

大木戸の番屋の土間に敷かれた筵の上に無残にも新三郎の血塗れの骸は横たわっていた。

幹次郎は、新三の父つぁんの苦悶の表情にどことなく微笑が浮かんでいるようで訝しくも凝視した。

「父つぁん、仏の紋三郎の根付を引きちぎって掌に隠して、してやったりと息を引き取る間際に笑みを浮かべましたかねえ」

仙右衛門も微笑みに気づいて言ったものだ。

「かもしれません」

「あるいは歳の離れたおしんと青梅で暮らす余生を不安に思うていたか」

「それなればおしんに言えばよいことではありませんか、番方」

「青梅に戻るのを楽しみにしていたのはおしんでしょう。そんな女に香具師の父つぁんが惚れた。だが、江戸育ちの新三の父つぁんが江戸から遠い青梅村で余生を過ごすのを不安に思うていたとしたらどうなりますね」

「そんなことを考えたこともありませんでした、番方」

「おしんにそれなりの金子を持たせて独り帰すのがいちばんいいことだと、この結末に父つぁんは安堵したのではございませんか」

「番方、考え過ぎるように思うがな」

「男って奴は、惚れた女には滅法弱いものでございましてな。十五、六余り歳の差があるおしんを思う新三父つぁんの気持ちがこんなかたちで出ないとはかぎりませんぜ。吉原で長いこと、男と女の騙し騙されの愛憎模様を見てきたわっしには、紋三郎を仕留めた気持ちよりもおしんへの想いが笑みになったような気がしてなりませんがね。もっともわっしも、なにが真実かなんて分かりはしませんや。神守様方の手を借りて、お芳と所帯を持ったくらいですからね」

幹次郎が仙右衛門に笑いかけ、

「おしんには、新三郎の微笑の理由は紋三郎をお縄にする証しを握ったからだと伝えるしかございませんな」

「おめえと青梅村に行かなくてよくなったからの笑みだなんて言えませんや」

と仙右衛門も応じた。

「番方、新三郎の骸は宿役人の検死がなければ、おしんって女のもとには返せねえ。役人が来るのは夜が明けてからだぜ」

　と大木戸の五郎蔵親分が言った。

「大木戸の親分、仏の紋三郎がどこにいるか居場所は分かりますかえ」

「番方、毎晩、花園社の西側にある武州屋の持家に客を集めて、賭場が開かれていらあ、正月の賭場はまた賑やかだそうだぜ。武州屋総右衛門が千代田の御城に鼻薬を嗅がせてなきゃあできない相談だがね。まず紋三郎はそこで胴元を務めていようぜ」

　仙右衛門が幹次郎を見た。

「仏か鬼か知らぬが、武州屋総右衛門の片腕を捕まえますか」

「おや、吉原の面々が紋三郎の捕縛を助けてくれますか」

「親分、吉原は今年初めの商いを荒らされたんだよ。こちらにも十分、あやつにお返しする理由があるのさ。その上、新三の父つぁんの仇も討たねばなるめえ」

「よし、宿役人のお指図を待ってと思ったが、吉原会所が手伝ってくれるのなら、洋吉、捕物の仕度をしねえ。押し出すぜ」

　五郎蔵親分が手先らに命じた。

「合点だ」

と手先三人が壁に掛かっていた突棒や刺叉を手にした。

「この木刀を借りてよいか、親分どの」

と幹次郎は木刀を指した。

「おまえさんが頼りの捕縛だ。好きな得物を持っていきなせえ」

五郎蔵が草鞋に履き替えた。

仙右衛門はいつも通りに懐に忍ばせた匕首を使うつもりのようで、

「新三の父つぁん、おめえの仇を討ちに行ってくるぜ」

と骸に話しかけ、一行は大木戸の番屋から押し出した。


深夜九つ前、幹次郎らは黒板塀の中から博奕の緊張と弛緩が交互に漂う武州屋の持家に忍び寄っていた。

門前には武州屋の三下奴が三人、客の出入りを見張って立っていた。

「それがしが始末致す」

と言い残した幹次郎が木刀を肩に担いで悠然と三人に近寄った。あまりにも大胆な行動に、

「用心棒の先生、おまえさん方の出入り口は裏口だよ」

と口を尖らす見張りのひとりにするすると歩み寄った幹次郎が肩に担いでいた木刀で片手殴りに首筋を叩くと、くたくたと倒れた。

残りのふたりが驚きの目で幹次郎を見た。

その瞬間、幹次郎の木刀の先端が鳩尾辺りを次々に突き上げてその場に転がした。

「何度見ても頼りになる、噂通りの凄腕の旦那だねえ」

五郎蔵がその夜二度目の幹次郎の働きに感心して、

「よし、賭場に踏み込むぜ。今晩は仏の紋三郎が目当てだ。逃げる客は放っておけ。常連の客はおよそ知れているんだ、後日、取り立てに回るさ」

と老練な五郎蔵親分が手先に命じて、先頭に立った。その背後を幹次郎と仙右衛門が固め、三人の手先が続いた。

表口にいた鳶っちょの加造が五郎蔵に気づき、

「てめえは大木戸だな、なんの用だ」

と立ち塞がった。

「鳶っちょ、どきねえ。紋三郎に用事なんだよ」

「代貸になんの用事だ」

「時を稼ごうなんて考えは捨てることだ」

五郎蔵が帯前から十手を抜いて、

「御用だ」

お上の代理で取り締まりに入ることを告げた。

「抜かせ」

と長脇差(ながどす)を抜き放った鳶っちょに五郎蔵親分の傍らからするすると出た幹次郎が狙い澄ました突きを喉元に入れて悶絶(もんぜつ)させた。

「手入れだ!」

供部屋にいた手先が叫んで賭場の時間が一瞬止まった。その直後、

わあっ!

という悲鳴が上がり、客たちが裏口に向かって殺到していく気配があった。

草鞋を履いた五郎蔵がずかずかと廊下から賭場に上がった。すると箱提灯に照らされた白い盆茣蓙(ぼんござ)の上に駒札(こまふだ)が散って、肩脱ぎの女の壺振(つぼふ)りが侵入者を睨んでいた。

「おや、武州屋のお八重さんかえ、女だてらに壺振りも務めなさるか。先代が見たら、目ん玉ひん剝(む)いて驚きなさるぜ」

「余計なお世話だよ、老いぼれは引っ込んでいなよ。うちには」

「おっと、姐さん、その先は」

とお八重の口の滑りを紋三郎が止めた。

「総右衛門には千代田の御城のお偉い方がついているそうだな、だれだえと訊いたところで答えねえか」

「そういうことだ、大木戸。今宵の出張り賃は明日にも届ける、大人しく引き上げねえ」

紋三郎が余裕を見せて言い放った。

「お八重さん、おめえさんの亭主だが、どこに巣くっているんだえ。正月というのに顔も見せないようだがな」

「御用聞きが知ったこっちゃないよ」

「そうかえそうかえ。うちも今晩は賭場の手入れでも総右衛門さんに用事でもねえ。代貸、おめえだ」

五郎蔵が手にした十手の先を仏の紋三郎に向けた。

「おれがどうしたえ」

「煙草入れを見せてもらおうか」

「おれの煙草入れだと」

紋三郎が視線を五郎蔵から逸らさず、腰帯から煙草入れを抜き出した。

「自慢の根付はどうしたえ、鬼面と仏面の根付だよ」

なにっ、と叫んだ紋三郎が煙草入れを見て、初めて気づいたか驚きの顔を見せた。

「一刻ほど前に花園社の境内に投げ捨てられた香具師の新三郎の掌に握られていたぜ。おれが偶さか通りかかってな、走り寄ったとき、まだ新三郎は生きていたのさ。新三郎はおれを見分けたか、こいつを握らせてな、武州屋の紋三郎に殺られたと言い残して息を引き取ったんだよ」

五郎蔵は追いうちをかけた。

「くそっ、新三郎なんて知らねえや」

と怒鳴りながら、長火鉢の脇から長脇差を引き寄せた。

仙右衛門が五郎蔵の背後から、ぬうっと姿を見せた。

「紋三郎、吉原会所の番方仙右衛門だ。てめえにはいささかうちも貸しがあったな。年明け早々の五丁町を鳥屋の儀助ってちんぴら小僧らを唆して、客の懐中物を奪うわ、遊女の頭の飾り物を抜き取るわ、その背後にてめえらが控えていたとはな」

「儀助が金品をちょろまかしているなんて、女文字の文を送りつけてきたのは吉原会所か」

と言いながら、紋三郎が手下のひとりに、

「用心棒の先生方を呼んできねえ」

と命じた。

「それには及ばぬ、代貸」

と声がして、襖(ふすま)が開かれた。するとそこに七、八人の剣術家と思える輩(やから)がすでに抜刀していた。

「姐さん、このことを旦那に告げてさ、助っ人を呼んでくんな」

盆茣蓙の前に居残っていたお八重に願った。

「あいよ、代貸。捕まったってね、うちの人が直ぐに牢屋から出してくれるよ」

「いえね、その要はございませんので。こやつら、たった六人でうちの賭場に乗り込んできたとみました。宿役人が承知の手入れならこっちに連絡(つなぎ)が入りまさあ。こやつら六人を始末して、代々木野(よよぎの)辺りに埋めちまえば済むことですよ」

紋三郎はふてぶてしくも言い放った。

その間にお八重が肩脱ぎの腕を袖に入れて、賭場から姿を消した。

「喧嘩も捕物も人数じゃねえよ、度胸と肝っ玉だよ、紋三郎。こっちには新三父つぁんの恨みと吉原の貸しがあるんでな、きっちりと取り立てるぜ」

仙右衛門が言い放ち、懐に忍ばせていた匕首を抜いた。

紋三郎が長脇差を手に立ち上がり、用心棒剣術家が賭場に雪崩れ込んできた。

木刀を構えた幹次郎が剣術家の前に立ち塞がると、

「いささか西国の剣風は荒っぽうござってな」

と宣言すると先を取って踏み込んだ。

幹次郎の動きに剣術家ふたりが踏み込んで合わせた。

だが、そのときには幹次郎の木刀が唸りを生じさせ左手の剣術家の剣を弾くと、
がつん
と鈍い音の重い打撃を肩に見舞っていた。

肩の骨が砕ける音が不気味に響いたときには幹次郎の木刀は右手の剣術家の胴を強襲して、横手に飛ばすと障子を突き破って廊下に転がしていた。

一瞬の攻めに残った剣術家らが浮足立った。

「囲め、一気に叩き伏せよ」

と頭分が喚いた。

幹次郎はちらりと後ろを顧みた。

匕首の仙右衛門と長脇差の紋三郎が丁々発止の火花を散らしていた。

大木戸の五郎蔵親分も十手を翳して、武州屋の手先を打ち据えていた。

幹次郎は、一気に叩き伏せなければ援軍が駆けつけたとき、厄介になると思った。

（まずはこやつらの始末）

と思ったときには幹次郎は木刀を正眼に構えたまま、頭分に突進していた。

「おりゃ」

と気合い声を発して幹次郎の木刀を受け止めようとした頭分の剣が、

ぽきり

と折れていた。

「おおっ」

鍔元一尺数寸（三十数センチ）で折れた刀を振り回す頭分の眉間を幹次郎の木刀が叩いて転がし、さらに残ったうちのひとりに襲いかかった。

尻が引けた構えで幹次郎の攻めを受けようとした剣術家が肩を叩かれて後ろに

吹っ飛んだ。

くるり

と木刀を残った剣術家らに向けると、形勢が悪いと思ったか賭場から下がって隣座敷に駆け込み、逃げ出した。

幹次郎は五郎蔵らが立ち向かう武州屋の子分らの背後に迫った。

「頼みの用心棒らの始末はついた」

幹次郎が宣告すると、

「よしきた。助けてくんねえ。わっしらの手で雑魚を召し捕るぜ」

大木戸の五郎蔵親分が張り切り、無闇に長脇差を振り回す子分らの足や腰を幹次郎が木刀で打ち据えて、盆茣蓙の上に倒した。

その体の上に五郎蔵の手先たちがのしかかって次々に捕り縄を掛けていった。

残るは仙右衛門と紋三郎の対決だけになった。

紋三郎は巨体を利しつつ、長脇差で攻め立て、仙右衛門は、得意の匕首を巧妙に使いながら、紋三郎の内懐に入り込もうと狙っていた。

「紋三郎、観念しねえ、残ったのはおめえひとりだぜ。こういうのを年貢の納めどきというんだよ」

と五郎蔵が言うと、

「抜かせ」

と長脇差を仙右衛門の喉元に突きかけた。

仙右衛門は長脇差の切っ先を避けるとなんとか紋三郎の懐に入り込んだ。だが、紋三郎は巨体を細身の仙右衛門にぶちかまして飛ばそうと試みた。

仙右衛門の左手が紋三郎の帯前を摑んで後ろに飛ばされるのを阻止して、逆手に保持した匕首が、
さあっ
と喉首を薙いだ。

ぎゃあっ！

という凄まじい叫び声を上げた紋三郎の喉から血飛沫が上がった。それを飛び退って避けた仙右衛門が、

「新三の父つぁん、仇は討ったぜ」

と呟いていた。

「よし、武州屋の援軍が来ないうちにこやつらを縄でふん縛って大木戸の番屋に連れていこうか」

五郎蔵親分の命に手先らが機敏に動いた。

「親分、賭場の金はどうするね」

「盆茣蓙の白い布に包んで番屋に運ぶんだ。紋三郎の金箱も一緒にな」

行きがかりだ、幹次郎も仙右衛門も手伝って、お縄にした用心棒剣術家や子分たちを数珠つなぎにして、縄尻を仙右衛門が持ち、幹次郎が護衛方を務めて、五郎蔵らが賭場で押収した金子を抱え大木戸の番屋になんとか戻ったのは、八つ半(午前三時)過ぎのことだった。

「番方、こやつらを内藤新宿の宿役人に任すと今日にも解き放ちにならねえともかぎらねえ。吉原のほうから町奉行所に願って、与力か同心をこちらに急ぎ送り込んでくれめえか」

五郎蔵が次の手を案じた。

「よし、こいつら吉原とも関わりがあることだ。面番所の隠密廻りを動かして、昼前にもこちらに出張ってもらう」

「なるだけ早いほうがいいんだがな」

と総右衛門の反撃に遭ったときのことを五郎蔵が心配した。

「番方、それがし、夜が明けるまでこちらに控えていよう。いくら武州屋総右衛門とはいえ、真っ昼間の番屋を襲うことはあるまい」

「なにっ、神守様が番屋に残ってくれるか」

と五郎蔵が喜んだ。

「親分、それがし、浅草奥山に四つ過ぎには戻らねばならぬ。今日まで舞台が残っておってな」

「舞台たあ、なんですね」

幹次郎が致し方なく事情を説明すると、

「吉原会所の裏同心さんはなんとも多芸多才にございますな。出刃打ちの芸まで披露なされますか」

と呆れた。

「親分、出刃打ちは紫光太夫でな、それがしは太夫の打つ出刃の的にござる」

「的ですって、呆れたもんだ」

と口をあんぐりと開けた。

「よし、わっしがなんとしても吉原に走り戻りますでな、それまでなんとか凌いでくだせえな。奥山の太夫にも神守様の事情は話しておきますでな」

と言い残して仙右衛門が大木戸の番屋から姿を消した。

「親分、悪いが番屋の隅で少し休ませてくれぬか、舞台でしくじってもいかぬでな」

と願った幹次郎は、上がり框に腰を下ろすと柱に背を凭せかけた。その直後に寝息が番屋に響いた。

「吉原会所はなんともすごい侍を飼っているぜ」

五郎蔵の呟きは幹次郎の耳には届かなかった。

三

江戸城の申の方角、外堀の内側に紀伊藩中屋敷、尾張藩中屋敷、さらには近江彦根藩井伊家中屋敷の三家が接して並ぶ真ん中の坂を紀尾井坂と称した。

坂下から寅の方角に上がると、左手に志摩鳥羽藩の上屋敷の塀が続き、その先に麴町の町屋と接して旗本屋敷、御家人屋敷が数軒並んであった。

この界隈を麴町裏と称していたのは、御家人伴家だけか。

神守幹次郎と仙右衛門は、旧伴屋敷の裏口の暗がりに潜んでいた。

内藤新宿の花園社境内で香具師の新三郎が瀕死の状態で発見され、大木戸の五郎蔵親分に看取られて死んでから二日が過ぎていた。

この間、なんとも慌ただしい日々が過ぎていた。

江戸町奉行所の隠密廻りが四谷大木戸に出張り、武州屋一味を取り調べて、小伝馬町送りにした。

一方、新三郎の検死が行われて、抜弁天の食いもの屋の女衆おしんに新三郎の骸が下げ渡され、下手人は武州屋の代貸の仏の紋三郎と判明したが、当人は捕物の最中に急死したことで決着をつけることと決まった。

内藤新宿まで吉原会所が出張って騒ぎに関わったことが世間に知れるのは、新たな面倒を呼ぶことになるし、吉原を公に監督する隠密廻りの手柄ということで決着したのだ。

新三郎の死におしんが悲嘆にくれる中、食いもの屋の親方の寅吉が男気を見せて、店を休みにして通夜と弔いをしてくれた。

その間にも幹次郎は浅草奥山に戻り、出刃打ち芸人紫光太夫を相手に最後の舞台を相務めた。そして、とんぼ返りで内藤新宿に戻ると新三郎の通夜に出たのだった。

香具師の新三郎は武州屋総右衛門の身辺を調べ上げるという番方仙右衛門との

約束を果たすことはできなかった。だが、吉原会所の七代目の頭取四郎兵衛は、「会所との約定」の最中に命を失ったとして、一緒に暮らしていたおしんに弔慰金二十五両を贈った。

おしんの、新三郎と一緒に故郷の青梅村に戻り、渡し船と茶店を商う夢は絶たれた。

だが、通夜の場での話し合いでおしんは青梅に戻り、新三郎と話し合ってきた「夢」を独りで果たすことになった。

仙右衛門が渡した前払い金の五両と弔慰金と合わせて三十両がおしんの夢を叶えてくれることになったのだ。

一方、武州屋総右衛門と女将のお八重の行方は知れなかった。

吉原は、武州屋夫婦を捕まえないことには新春の初買いを悪戯された恨みを晴らし、さらに総右衛門の吉原進出の野望を絶ったとは言い難い。

幹次郎と仙右衛門は、新三郎の弔いを終えて、内藤新宿からひとまず吉原に帰ることにした。

四郎兵衛に改めて内藤新宿で起こったことを仙右衛門が報告した。

四郎兵衛は黙って最後まで番方の話を聞いていたが、

「ご苦労でした。これからも続けて武州屋夫婦の行方を探りましょうか」

と今後の方針を告げると、ふたりにそれぞれの住まいに戻り、仮眠するように命じた。

新年を迎えて幹次郎も仙右衛門も布団に入ってまともに体を休めたことがなかった。ゆえに四郎兵衛がふたりの腹心に強く休息を求めたのだ。

「へえ」

と応じて腰を浮かしかけた仙右衛門が、

「七代目、わっしらの今市行の墓参は春永にでも延ばしとうございます」

と言い出した。

松の内が明けるまであと一日しか残されていなかった。

「わっしとしては武州屋の一件にけりをつけて、すっきりとした気持ちで出かけたいのでございますよ」

幹次郎の疲れた顔を見た四郎兵衛が、

「聞いておきます」

とだけ答えた。

疲労困憊のふたりは、五十間道の裏手にある湯屋に立ち寄ることにした。さっぱりとして床に就きたいと思ったからだ。そして、湯屋の前で別れるとき、仙右衛門が、

「なんとも奇妙な、すっきりしない正月でございましたね」

「まだ新年の祝賀もまともに言い合っておらぬな」

と言葉を交わして、それぞれの住まいに戻った。

その夜のことだ。

幹次郎が戸を叩く音に目を覚ますと、汀女が土間に立って音の主に応対しようとしていた。

訪問者は金次だった。

「金次どのか、なんぞ異変か」

「ようやく鳥屋の儀助から連絡が入りましたぜ」

と答えた金次が、

「神守様に急ぎ麴町十丁目に来てほしいそうです」

「麴町十丁目だな、ただ今何刻かな」

「へえ、五つの時鐘を最前聞きました」

幹次郎は身仕度を整えると腰の脇差の傍らに小出刃を差した。そして、無銘ながら江戸の研ぎ師が豊後行平と鑑定した刃渡り二尺七寸の大業物を手にした。

汀女に代わって土間に下りると、汀女が珍しいことをなした。

御用の場に出かける幹次郎の背に火打石と火打金を打ち合わせて、切り火をなしたのだ。

幹次郎が振り向くと、

「亭主の無事を祈っての習わし、玉藻様に教わりました」

と言った。

元来、旅に出かける際などに清めのために打ちかけた火だが、縁起商売や危険な仕事に従事する家では女房が亭主の背に切り火をなして送り出した。

首肯した幹次郎は、

「出かける」

と汀女に言い残した。そのとき、幹次郎の脳裏に言の葉が浮かんだ。

わが背にと　切り火が祈る　松の内

幹次郎が金次と一緒に長屋から土手八丁（日本堤）に出ると、そこに着流しに長半纏を羽織った仙右衛門が待っていた。

「番方、おれも従っちゃいけねえかね」

金次が番方に願った。

「こいつはおれと神守様がしのける務めだ」

と答えた仙右衛門が、

「まだ松の内だ、なにか起こっても不思議じゃねえ。廓内を頼んだぜ」

そう金次に言い残し、幹次郎とともに麹町十丁目に急行した。

ふたりが麹町九丁目と十丁目の辻にしばらく佇んでいると、暗がりが揺れて儀助が姿を見せた。

「約定より遅くなっちまったよ、すまねえ」

と殊勝なことを言った。

「総右衛門の行方を突き止めたのだな、儀助」

「そういうことだ」

「ご苦労だったな。内藤新宿の一件は聞いたな」

「武州屋の一味が隠密廻りに捕まり、仏の紋三郎が捕物の最中に死んだって、不思議なことがあるものだ。あいつは殺されたって死なないぜ」

儀助が幹次郎を見て、

「おれの勘では裏同心の旦那に始末されたね、吉原面番所の同心にできる仕業じゃないもの」

と言ったが幹次郎も仙右衛門も答えない。

薄く笑った儀助の顔が常夜灯に浮かび、その儀助が麴町の辻から麴町裏に向かってふたりを案内していった。

「なんと総右衛門の野郎、昔の伴家の屋敷を買い戻して、隠れ家にしていたのさ」

「ほう、総右衛門、考えたな」

「だれが思いつきます。いったん御家人の名義を売り、町人武州屋総右衛門と名を変え、その裏で伴六三郎の名義を買い戻していたなんてね。なにより内藤新宿から地の利がいいや。大木戸からまっつぐに来ればこの麴町十丁目だ。まさか総右衛門が武家屋敷に隠れ家を持っていたなんて、子分どもにも知らされてなかったんですよ」

「儀助、よう探し出したな」

「この一件が落着した暁には、おれの扱いを考えてくれるんだな」

「七代目には話してある。あとは四郎兵衛様に黙って任せねえ」

「分かった」

「だがな、いくら吉原会所とはいえ島送りになった親父を赦免にさせるなんて手妻はできない相談だぜ」

「親父のことは半ば諦めていたんだ。ところが紋三郎がうちの旦那なら千代田の御城に太い手蔓を持っている、難しいこっちゃねえなんて言うからよ、ついその気にさせられたんだ」

とぼやいた儀助が、

「変な話をこの界隈の口入屋から聞き込んだんだ、口入屋は武家屋敷に奉公人を入れるからね、内情に詳しいのさ」

「変な話とはなんだ」

「御家人伴家の名義を買ったのは麴町七丁目の武具商金さしの若旦那、馬鹿旦那の行一郎だ、こいつが商人のくせに二本差しになりたい病でね、親父に泣きついて伴の株を五百両で買った。それから一年もしたころ、内藤新宿で開かれた博奕場に遊びに行った帰りに、辻斬りに遭ったとか、骸が御堀の土手に転がされていた。腰の刀は鯉口も切ってなかったそうだぜ。金さしでは慌てて、知り合いに願い、辻斬りの一件を揉み消したそうな。武具商だからさ、御城にはいくらも知り合いがいようじゃないか。ともあれ、その直後に、金さしの行一郎が持っていた御家人株は武州屋総右衛門の手に戻った。この界隈でさ、武州屋が、つまりは元の持ち主が買い戻したのに使った金子は金さしに譲った五百両の一割もいかなかったって噂が流れているのさ」

「武州屋総右衛門、いやさ、伴六三郎が得意の長巻で伴行一郎を殺した」

「まあ、そんなところだろうな。御家人ってのは、金子に困っているからよ、やることが荒っぽいぜ」

と儀助が言ったとき、伴屋敷の表門に三人は辿りついていた。

貧乏が売りの御家人の屋敷とは一見して異なり、乳鋲(ちびょう)が打たれた門は凝った造りだった。

「番方、様子を見てくる。四半刻後に裏口に来てくんな」

と儀助が願い、闇に姿を没した。なかなか手慣れた動きだった。

頃合をみてふたりも旧伴邸の裏に回った。

「伴六三郎め、最初から武具商金さしの若旦那を嵌めるつもりで、伴家の株を五百両でいったん行一郎の名義にしたんでしょうね」

「まず間違いないところ。一年余りでただ同然で買い戻したところなど手並みが鮮やかというか小賢しいな」

そのとき、裏戸が音もなく開かれ、儀助が顔を出した。

「武州屋の夫婦に侍の客が来ているぜ」

「侍だと、身許は分かったか、儀助」

「万々遺漏はねえよ、ここの飯炊き女を抱き込んでいるんだ。御徒目付組頭の酒生庄次郎って野郎だ」

「ほう、徒目付組頭ね」

若年寄支配下の御目付は旗本・御家人を監察糾弾する。その支配下に御目見以下の徒目付、小人目付を置いていた。

徒目付組頭は、御目付を補佐して御家人らの探索を行い、城内の宿直、大名登城の折りの取り締まりなどをなす。二百俵高譜代の臣で、詰めの間は御台所前廊下席だ。手下には、

「御頭」

と呼ばれていた。

「伴の家も酒生に監察されていたのでしょうね」

仙右衛門が幹次郎に言った。

「まず間違いないところ、とても島送りになった者を赦免する力など持っておるまい」

「そっちのほうは諦めておりますって」

と儀助が応じた。

「三人はなにをしておるな」

「離れ座敷で酒を呑んでおりますよ」

「酒生の家来はどこにおるのであろうか」

「そりゃ、玄関脇の供待ち部屋でしょうが」

と儀助が言った。

幹次郎は仙右衛門の顔を見た。

「番方、今夜にも決着をつけよう。どうせ生かしておけぬ輩にござろう」

「へえ、それはようございますが、徒目付組頭はどうしますな」

「そちらに手をつけると厄介だ、見逃そう」

「武州屋から甘い汁を吸っていた御仁だ、まずお恐れながらと訴え出はしますまい」

「そういうことだ。儀助、案内せよ」

幹次郎が儀助に命じて、三人は御家人伴家の敷地に入った。

伴家の敷地はおよそ三百坪、御殿風の庭に離れ屋があって、母屋とは離れていた。

「儀助、庭で待て」

と命じた仙右衛門と幹次郎は母屋から離れ屋へと通ずる屋根つきの廊下に飛び上がり、灯りが漏れる離れ座敷へと進んだ。

「酒生の殿様、今宵は酒を呑まれませぬな」

お八重の声がした。

「正月酒でいささか胃の腑が疲れておる」

「ならばこちらの肴はいかがにございますか」

「おお、こちらはいくら頂戴しても胃にもたれぬ」

「それはなにより、ほとぼりが冷めた頃合、内藤新宿の武州屋を立て直しませぬとな、その折りにまた酒生様にお世話になります」

と甲高(かんだか)い声が言った。

武州屋総右衛門だろう。

「おぬしも武州屋総右衛門と御家人伴六三郎を使い分けて忙しいことよのう」

「しばらくはこちらの屋敷で逼塞(ひっそく)しております」

「それがよい」

と言ったとき、離れ座敷の話し声が止まった。

「何奴か」

と甲高い声が誰何(すいか)した。

「武州屋の旦那、吉原会所にございますよ」

「なにっ、吉原とな。御家人伴六三郎に何用か」

「ほうほう、御徒目付組頭の酒生様が感心されるように内藤新宿の武州屋の主(あるじ)と御家人伴六三郎との使い分け、なかなか見事にございますな」

「おのれ、譜代の伴家に忍び込むとはなかなかの者かな。じゃが、不届きにも忍び込んだ者は斬(き)り捨てるのが伴家の習いでな」

　と言った総右衛門が立ち上がり、手近に置いてあったと思える長巻を摑んで振りかぶった。

障子に伴六三郎の影が映り、

「お八重、障子を開けよ」

　と命じた。

「障子は開けぬほうが御徒目付組頭どのに迷惑がかかるまい。互いに顔を合わさぬで済むでな」

　と幹次郎が言うと、

「うぬは何者か」

「吉原会所裏同心神守幹次郎」

「伴六三郎、長巻の錆にしてくれん」

離れ座敷の中と廊下、障子を挟んでふたりは相対していた。

間合は一間余か。

反りの強い刃と柄を合わせて七尺（約二・一メートル）余の長巻の間合だった。

幹次郎は動かない。

障子の向こうの長巻の柄が横手に回された。

両者は障子を挟んで呼吸を読み合った。

阿吽の呼吸で動いた。

長巻の刃が障子を撫で斬ろうとして動き出し、幹次郎の手が翻って帯の間に差し込んだ小出刃を抜くと手首に捻りを加えながら投げた。

長巻の切っ先が豪快に障子を横に切り裂いたとき、小出刃が障子の向こうに吸い込まれて、伴六三郎の喉元に深々と突き刺さり、腰砕けに離れ座敷に倒れた。

「ああっ」

お八重の悲鳴が半ば切り破られた障子の向こうでした。

「御徒目付組頭酒生庄次郎どの、われらとこなたは一度たりとも会うたことなし、よいな」

と幹次郎が言葉をかけたがなんの返答もなかった。

幹次郎は伴六三郎の喉元に残した小出刃の回収を一瞬思ったが、酒生もお八重も下手な動きはすまいと考え直し、仙右衛門に合図するとするすると渡り廊下へと下がっていった。

四

松の内は正月七日までであった。

七草粥(ななくさがゆ)の前夜に吉原会所では七代目四郎兵衛が柴田相庵、仙右衛門、お芳を呼び、神守幹次郎も同席して、

「番方仙右衛門」

の墓参出立が正月八日と申し渡された。

内藤新宿の武州屋総右衛門こと御家人伴六三郎が首謀(しゅぼう)して起こした一連の騒ぎは町奉行所隠密廻りの手によって裁かれた。

その席に御目付首藤敏忠(しゅどうとしただ)も加わっており、伴六三郎が御家人株を町人に売り買いした咎で、主は切腹、伴家は断絶の内示が御目付筋から提案されたという。

むろん伴六三郎はすでにこの世の者ではなかった。だが、幕閣の慣習に従い、こうした体裁(ていさい)を取ったのだ。この一件に吉原会所は一切関わりがなかったという考え方だ。

もし吉原会所の裏同心神守幹次郎に御家人伴六三郎が始末されたことが公になれば、その場に御徒目付組頭の酒生庄次郎が同席していたことも糾弾されねばならない。伴六三郎が内藤新宿で武州屋総右衛門として威勢を振るっていた事実も白日の下に晒(さら)されるとなると、武州屋から御城の各所に賂(まいない)が渡されていた事実も判明する。

酒生庄次郎がそのひとりだ。

酒生は上役たる御目付首藤敏忠にそれなりのお目こぼし料を持参して面会し、始末を願った。その結果、伴六三郎は吉原会所に始末されたのではなく、あくまで幕府の命で切腹したとして処理されたのだ。

「七代目、ひやひやしたぞ、墓参が先に延ばされていつしか忘れられるのではないかとな」

相庵がほっと安堵の表情を見せた。

「柴田先生、真の父親以上の心遣いですな」

四郎兵衛が笑ったところに玉藻が山口巴屋の女衆に膳を運ばせてきた。

「番方、お芳さんをくれぐれもよろしくね」

「へえ、ですがくれぐれもどうすればよろしいので、玉藻様」

「あれ、あのようなことを言うておられますよ。いいですか、今市まで三夜泊まり、今市では柴田先生の家と合わせてふたつの墓参と法事に三日を考え、さらに鬼怒川辺りに七日ひと巡りの湯治、帰路の三泊四日と合わせて、十六、七日の長旅ですよ。道中諸々なことがございましょう、大事なお嫁様です。それを守るのが番方の務めです」

「玉藻様、お芳は昔から気の強い妹分でしたよ、廓内の餓鬼の喧嘩のときには最初に眦決して相手に飛びかかっておりましたぜ。あのころはお芳を怒らすなと、わっしらは言い合ったものですよ」

「ふっふっふ、それは昔の話です。女は大人になれば変わります」

「そうかね、道中、頼りになるのはわっしよりお芳と思いますがね」

と仙右衛門が首を捻った。

「ささっ、ふたりの鹿島立ちを祝って一杯酌み交わしましょうか」

と四郎兵衛が相庵に酌をし、

「お節にも飽きたころでしょうから、今宵は七草粥を〆に仕度してございます」

と玉藻が言い、和やかな宴が始まった。


正月八日の未明、内藤新宿からも旅仕度の女が青梅村に旅立っていった。新香具師の新三郎と一緒に青梅村に戻り、渡し船と掛け茶屋の権利を買って、新しい暮らしを始めることを楽しみにしていたおしんだった。

おしんの懐に新三郎の遺髪が仕舞われ、背の風呂敷包みには新三郎が自らの命と代えた三十両が入っていた。

おしんは十五の歳から内藤新宿の古着屋の女衆を皮切りにいくつか職を転々として、抜弁天の食いもの屋に鞍替えしたとき、香具師の新三郎と出会ったのだ。親子ほど歳が離れた新三郎のどこに惹(ひ)かれたか。おしんは新三郎に、内藤新宿に奉公に出たあと大雨の川で水死したという父親の面影を重ねていたのかもしれない。

ともあれ、独りだけの帰郷になった。

前夜、食いもの屋の寅吉が常連の客と一緒に別れの宴を催してくれた。

その席に大木戸の五郎蔵親分もふらりと姿を見せて、おしんに改めて新三郎の悔やみを言った。その上で、

「おしん、内藤新宿に十六年か、ようも飯盛女に転落せずに辛抱したな。人ってやつは、銭が楽に稼げるところになびきたがるものよ。その結末に悪い病をもらって、投込寺(なげこみでら)に痩せこけた骸を放り込まれることになる。新三郎のことはなんとも残念だが、おめえはまだ若いんだ。在所に戻って、幼馴染の婿でも見つけねえ」

と苦労人らしい送別の言葉を贈ったものだ。

「親分、おしんに最後によ、吉原会所から褒美(ほうび)が出たぜ、これで青梅に戻って新

しい暮らしが立とうじゃないか」

「ありゃ、新三郎が命を張っておしんに残したものだ」

五郎蔵が寅吉の言葉を訂正した。

「いえ、親分さん、私は察していたんです」

「ほう、なにを察していたというのだ、おしん」

「新三さんが、青梅村なんて見ず知らずの在所で私に頼って暮らすことに躊躇いを感じていたことをです。ですが、私が楽しみにしていたものですから、言い出せなかった。吉原会所の仙右衛門さんに会って頼まれごとを受けたとき、できもしないのに無理をしてしまったんです。お礼の金が欲しくて、やりつけないことをしてしまったんだと思います」

「それもこれもおめえを思うてのことよ。江戸者が在所で暮らすのを躊躇いに感ずる気持ちはおれも分かるような気がする。一方で、おめえと暮らすことを望んでもいた。そのために無理したんだよ、やっぱり新三郎が体を張って稼いだ金よ。吉原会所もそれを分かっているのよ」

「親分の言う通りだ、おしん。新三の父つぁんはおまえのために命を張ったんだ。その金を大事に使って青梅で幸せになれ」

と寅吉が呟き、おしんはひたすら頷いた。

同日の七つ半の刻限、山谷堀今戸橋際の船宿牡丹屋から一艘の舟が出た。船頭は老練な政吉で、客は下野今市外れの沓掛村に墓参に向かう仙右衛門とお芳夫婦、千住宿まで見送る幹次郎と柴田相庵のふたりも同乗していた。

新春の未明だ。

隅田川の向こうの東天が微かに白み始めていた。

猪牙舟の上には冷気があった。

お芳は菅笠に道行衣に草鞋履きで固め、会所の長吉らが贈った竹杖を持参していた。

仙右衛門のほうは旅慣れたものだ。会所の長半纏を着て綿入れの裾を絡げ、手甲脚絆に股引に草鞋がけだ。道中差は差さず、振り分け荷物に懐には匕首を呑んでいた。

「神守様、礼を申しますぜ」

「番方、なんぞ礼を言われるようなことをしましたか」

「わっしらを予定通りに立たせようと年が明けてから、神守様は昼夜をたがわず働かれた」

「それは番方とて同じこと、われらにとって御用第一は当たり前のことです」

「そう聞いておきましょうか。お陰様ですっきりとした気分で旅立つことができます」

「旅の間、御用は忘れることだ。で、ございましょう、相庵先生」

幹次郎が矛先を転ずると、

「おう、そのことそのこと」

と応じた相庵が、

「いいか、お芳。診療所のことで案ずることはなにもないぞ。おまえの代わりはおらぬがな、お芳の留守の間は、男衆も女衆も一丸となって診療所が立ちいくように働くと言うておるで、心配などするでない」

「私が心配なのは先生です。歳を考えて酒はほどほどに、仕事もほどほどにしてひよっこの真三郎をはじめ、若いお医者方に任せるところは任せるのですよ」

「分かっておる。そなたらの子を見るまでは元気にしておらぬとな」

と真面目な口調で答えたものだ。

「お芳さん、診療所の仕事は手伝えぬが、相庵先生のことはうちの姉様もときに顔を出してみると言うておるで、旅を存分に楽しんできなされ」

「神守様、私、江戸しか、いえ、浅草界隈しか知らない女なんです。この先、どのようなことが待ち受けているかと思うと昨夜は一睡もできませんでした」

「それはいかぬぞ、お芳。寝不足で旅するのはいちばんよくないぞ」

と相庵が真面目な声で案じ、

「番方、今晩は草加辺りで泊まれ」

といきなり命じた。

「先生、千住から草加までわずか二里八丁（約八・七キロ）ですぜ。どんな年寄りの旅人だって四つの時分には草加に着いていますよ。お芳の足の運びを見ながら、旅を続けますで安心くだせえ」

「最初が肝心でな、無理してはならぬ」

相庵の言葉にお芳が笑い出した。

「お芳、これは笑う話ではないぞ。とかく旅慣れぬ者は水にあたり食べ物にあたる。それもこれも寝不足など体を崩すことがなす業じゃ。わしが選んだ薬は持ったな。それから生水は飲んではいかんぞ、湯冷ましを少しずつ口に含むのだ」

「先生、わっしに代わってお芳と墓参に行きませんかえ」

「馬鹿を申せ、そなたは旅慣れておるからよいが、お芳は浅草しか知らぬ女じゃからな、念を押しているのだ」

「だから、わっしが付き添っているんでございましょ」

「うーむ、そなたを頼りにしてよいのかどうか」

相庵が真面目な顔で唸ったとき、猪牙舟に笑いが起こり、朝の光が憮然とした仙右衛門の顔を照らしつけた。

政吉船頭が漕ぐ猪牙舟は、鐘ヶ淵を横目に荒川と名を変えた流れを遡上していった。すると行く手に長さ六十六間（約百二十メートル）の千住大橋が見えてきた。

「番方、橋戸町の吉左衛門のところでいいかえ」

と政吉が尋ねた。

別離の酒を酌み交わす店を確かめたのだ。

吉原会所が北国へ御用旅に出るとき、よく立ち寄る店が千住大橋の北詰、吉左衛門方であった。ここでは朝の七つ半過ぎから、朝餉から酒まで供してくれた。

「ああ、そうしてくんな。このまま相庵先生を浅草山谷に帰したのでは後々なんと言われるかしれねえ」

と冗談を言った。

「兄さん、朝から酒を呑むの」

「旅立ちを前にしてな、見送りの人々と別れの酒を酌み交わすのは習わしだ。この刻限、千住宿にかぎらず品川、内藤新宿、板橋宿で大勢の人が別れを惜しんでいるのさ。もっともおれたちは半月もすれば江戸に戻ってくるのだ、別離の盃もないものだがな」

「習わしは習わし、そのような欠礼をしてよいものか」

と相庵が言い、

「先生、診療所にお戻りになったら、大勢の患者が待っていることを忘れないでくださいな」

「別れの酒を酔い潰れるほど呑むものではないわ。一杯だよ」

と相庵が言ったとき、猪牙舟が千住大橋を潜り、橋戸町の吉左衛門方の船着場に着いた。

「よし、お芳、これから頼りになるのは己の足だけだぞ」

「兄さん、お願い申しますよ」

とお芳が願いながら、石段を上がっていった。そのあとに柴田相庵が続き、最

後に幹次郎が猪牙を下りると、

「政吉どの、舟を舫ったら上がってきなされ。番方とお芳さんの旅立ち、ともに送ろうではないか」

と誘った。

「へえ、わっしもようございますかね」

「ひとりでも多いほうが賑やかであろう」

幹次郎が杭に舫い綱を結んで、政吉船頭と一緒に石段を上がると、すでに店の中から酒を注文する相庵の声が響いてきた。

政吉を入れて五人が座について酒が注がれた。

柴田相庵が盃を上げて、朗々と詩を吟じ始めた。

「君に勧む　金屈巵（黄金の盃）

満酌　辞する要などなし
花咲けば嵐はつきもの
別れこそが人生よ」

周りの別れの人々も柴田相庵の吟ずる様子を呆れ顔で眺めていたが、吟じ終わると拍手が起こった。

「呆れた、二、三日前から先生ったらぶつぶつ言っていたけど、この稽古だったの。このお経のような文句はなに」

「お芳、おまえにかかると于鄴(于武陵)の五言絶句も経に聞こえるか。唐の詩人が別れの席で即興に作ったものをわしが勝手に訳した。黄金の盃にな、旅立つ友と酒を酌み交わしているのだ。どのような別れにも人生の深淵がそれぞれ隠されておるのだ」

「だって、先生、私たち半月もしたら江戸に戻ってくるのよ。そんな大げさなものじゃないと思うけどな」

「これじゃから女子と小人とは養い難しと言われるのだ。短かろうと長かろうと旅は旅だ。旅の間、花を愛で、風雨に身を打たれて夫婦の愛情を確かめ合い、路上に転ずれば別れと出会いが繰り返されて、旅する者も変わっていく。半月後、相見えるお芳はただ今のお芳ではないのだぞ」

「あら、そう。私は私だと思うけどな」

なにか反論しかけた柴田相庵が、

「まあ、番方、ふたりして無事に戻ってこい」

と告げて、五人は盃を干した。

幹次郎が仙右衛門とお芳を日光道中と大原道の分かれ道、下妻橋まで送って千住大橋の北詰で待っていた猪牙舟に戻ると、柴田相庵は政吉船頭にどてらを借りて、新春の日差しに打たれて気持ちよさそうに居眠りしていた。

「相庵先生、ふたりを見送って力が抜けましたかねえ」

「なんとも幸せそうなお顔ではございませんか」

相庵は山谷堀の新鳥越橋に猪牙舟が着くまで眠っていたが舟が舫われた途端、目を覚まし、

「さあて、ひと仕事せねばなるまい」

と元気よく舟から船着場に上がった。

幹次郎も一緒に政吉船頭の舟を下りた。

「相庵先生、診療所まで送っていきましょうか」

「裏同心の旦那、貧乏医者を日中襲う者もおるまい。無用な親切じゃぞ。それよりお芳たちはどこまで行ったかのう」

「さあて、先生が今晩泊まれと言われていた草加宿辺りではございませんか」

「なに、今宵の宿泊地の草加にもはや着いたか」

「お芳さんは丈夫な体の持ち主とお見受け致しました。一晩眠らないくらいで、旅をこなせない軟な女衆ではございますまい。今晩は杉戸宿辺りまで辿りつかれますぞ」

「お芳は頑健じゃが旅に慣れておらんからのう。一日に八里（約三十一・四キロ）も十里（約三十九・三キロ）もは無理じゃと思うがのう」

「相庵先生、うちの姉様もときに一日十数里の旅をこなしてきましたぞ。もっともこちらは追っ手が迫っておりましたから事情が違うておりますがな」

「そうか、そなたらは妻仇討の追っ手を恐れての流浪の旅をしたそうじゃな。長旅か」

「旅の空の下で幾たび除夜の鐘を聞いたことか」

幹次郎は近くて遠い昔の記憶を辿った。

「なに、年来の逃避行か。まあ、それに比べればお芳の旅は旅とは言えぬな」

「先生が申されましたぞ。どのような短い旅にも出会いがあり、別れがあって旅する人を変えていくとな」

「いかにもさようじゃが、墓参の旅と追っ手を逃れての年来の旅では比較にならなかったな」

と自らを得心させるように言った相庵が、

「君に勧む　金屈卮

満酌　辞する要などなし」

と吟じながら診療所に戻っていった。

正月八日、山谷堀も土手八丁も正月気分で、青空に子供たちが揚げる凧がいくつも舞っていた。

幹次郎は新たな旅立ちの最中の三人を思い浮かべた。おしんは青梅街道を、そして、仙右衛門とお芳は日光道中をそれぞれの想いを胸に歩を進めているはずだ。

ゆく人や　佇む人あり　凧揚がる

今年も駄句しか詠めぬか、姉様には内緒じゃな、と幹次郎は思いながら吉原への道を辿った。

第四章　仇討仕末

一

大門を潜ったのは昼前のことだ。

仲之町にいつものように花売りや野菜売りの露店が商いを始めていて、引手茶屋や妓楼の女衆が何人か集まっていた。

「おお、神守幹次郎どの、番方夫婦の見送りか」

という声が面番所からかかった。振り向くまでもなく、このところ上機嫌の面番所隠密廻り同心村崎季光だ。

「村崎どの、今朝はいささかいつもより早うございますな」

「会所ばかりに働かせては面番所の面目が立たんでな」

「それにしても上機嫌とお見受け致しました」

「さすがに会所の敏腕裏同心どの、こちらの胸の内などお見通しか」

なんとも気色(きしょく)が悪くなるほどの村崎季光の振る舞いだった。

「なんぞございましたか」

「うーむ、内緒にしておくのも心持ちが悪い。それがしの上機嫌にはいかにも理由がござる。天下御免の色里吉原の大門の左を町奉行所隠密廻りが固め、右手に吉原会所が詰めて廓内の治安維持に当たるのじゃが、取り締まり上、われらが吉原会所を監督するのはおぬしもとくとご存じじゃな」

と言わずもがなのことを言った。

「それはもう」

「内藤新宿の一件では、宿を牛耳る武州屋総右衛門こと御家人伴六三郎の野心を面番所の指導宜(よろ)しきもあって、潰すことができた」

村崎同心は実に都合がよい言い回しでさらに宣(のたも)うた。

「は、はあ」

「なに、おぬし、なんぞ不満か」

「いえ、全くもって村崎どのの申される通り」

「であろう。かように仲よう御用が務められれば廓内外の治安は一層強固なものになり、安心して客も遊べよう」

「で、ございましょうな。それにしても村崎どのの満面の笑みが解せませぬ」

「なにっ、それがしが満面の笑みとな」

「他にお隠しになっていることがありはしませぬか」

幹次郎がしげしげと村崎季光の顔を見た。

片方の掌できれいに剃り上げた顎を撫で、

「ふーむ、さすがは裏同心と呼ばれる神守どのよ、隠し果せぬか。昨夜遅く、御目付首藤敏忠様よりうちの奉行にご挨拶があったそうな。それで奉行がわれら吉原に詰める隠密廻り同心の働きを認め、近々ご褒美が下しおかれるそうな。そんなわけでな、それがしが内藤新宿まで出張った甲斐があったというものだ」

「やはり面番所が表に立つのと会所だけとでは威勢が違いますでな、お手柄、おめでとうございました」

「いや、裏同心どのにそう忌憚ない言葉を言われるとそれがしもいささか面映ゆい。七代目に向後もかように緊密な連携を願うと伝えてくれ」

「畏まりました」

「ところで仙右衛門とお芳夫婦は下野に無事立ったのだな」

「今ごろは夫婦仲よく粕壁宿辺りを利根川ノ渡し場を目指して歩いておられましょう」

と村崎に言い残した幹次郎が会所に向かった。

会所の腰高障子は閉じられて、師走うちに張り替えたばかりの障子紙に春の日差しが長閑に当たっていた。

中から障子が開けられ、金次が、

「ご苦労にございました」

と幹次郎を迎え入れた。

土間の大火鉢の五徳の上に鉄瓶がしゅんしゅん音を立てて、土間では小頭の長吉に若い衆が顔を揃えていた。これから廓内の見廻りに出るのであろう。

「番方とお芳さんは無事に立たれた」

「へえ、表の話し声で察しておりました。番方は曾爺さん以来の下野沓掛村への帰郷にございますか。あちらにはどなたか血筋が残っておるのでございましょうかな」

長吉がそのことを気にした。

「曾祖父どのが江戸に出てこられたのがいつかは知らぬが、八十年、いや百年前のことであろう。番方の話しぶりだとふだんから沓掛村と交流があったわけではなさそうだ。だれが迎えてくれるかな、寺は寮泉寺と分かっておるで、そちらから親戚がおれば手繰れよう。まあ、夫婦水入らずの墓参旅、ゆっくりと楽しんでこられるとよい」

「それにしても面番所の言い草はいったいなんですね。てめえたちばかりが汗を流したような言い方じゃねえか。実際はここにおられる神守幹次郎様と番方が命を張ったんだ」

金次が村崎同心の言葉を聞いていたか、息まいた。

「吉原に大きな損害がなかったのだ、それでよいではないか」

「そうですけどね、あいつ、鵜匠にでもなったつもりでいよいよ、おれたちを鵜に見立てて動かすつもりですぜ」

「それでうまくいくなればそれもよいではないか、金次どの」

幹次郎が笑って応じ、

「よし、見廻りに出るぜ」

との長吉の言葉で会所の若い衆が昼前の仲之町へと押し出していった。

幹次郎は腰から和泉守藤原兼定を抜くと奥座敷に向かった。

坪庭に日が差し込んで、植え込まれた竹の葉が光に躍っていた。

「ただ今戻りましてございます」

「ふたりは無事出立したようでなによりにございました」

と応じた四郎兵衛自ら茶を淹れて、幹次郎に供した。

「頂戴します」

茶碗に手を差し伸べた幹次郎が、

「柴田相庵先生がなんとも嬉しそうでございました」

「いきなり養娘、養子ができたのですからな」

幹次郎は千住宿橋戸の茶屋で相庵が唐の詩人の別れの歌を披露したことを告げた。

「おや、相庵先生、于鄴がお好きでしたか」

「お芳さんの話では何日も前から稽古をしてふたりへの惜別としたようです」

「相庵先生らしゅうございますな」

と笑った四郎兵衛が、

「鳥屋の儀助が今朝方、姿を見せましてね、廓内で奪い取った金子や飾り物の一部を戻しに来ました。武州屋をちょろまかして猫糞した戦利品ですよ」

「ほう、それはそれは」

「あやつとしては吉原の後ろ盾でどこぞに小さな一家でも構えたいのでしょうが、世間というものはそう甘くございません。一度は武州屋総右衛門の手先として働いたのです。しばらく草鞋を履いて苦労してこいと上方の知り合いに身柄を預けることにしました」

「それはよいご配慮にございました」

「儀助がちょろまかした飾り物の櫛笄は三浦屋の振袖新造の萩野のもののようでございます。金子は奉行所から下げ渡されたものに加えてうちから被害に遭った客に返すつもりですが、この櫛笄を神守様の手から三浦屋に戻してくれませぬか」

「畏まりました」

鼈甲の櫛笄を幹次郎は受け取った。

「萩野は薄墨太夫のもとで一年前に振新になったばかりの遊女です。覚えがございますか、神守様」

「萩野さんですか、いいえ、覚えがございません」

まい」

「神守様の注意は薄墨太夫に向けられておりますからな、周りには気がいきます

「いえ、そのようなことはございません」

と幹次郎が否定した。

「萩野は二十一にございましてな、三浦屋の遊女としては地味です。ですが、人柄はよし、丸顔でそれなりに愛らしゅうございます」

幹次郎はなぜ四郎兵衛が萩野のことを持ち出したか真意が分からなかった。当然四郎兵衛が幹次郎に詳しく説明する以上、御用のことと思われた。

「三浦屋の萩野さんになんぞ厄介ごとが生じておりますか」

「いえ、そうではございません」

「と、申されますと」

「神守様が日ごろ世話になる馬喰町だかの呑み屋の小僧さんのことですよ」

「竹松がなにか」

「小僧さんには年来の夢があるのではございませんか」

「ございます」

と応じた幹次郎はまさか四郎兵衛が竹松のことまで気にかけているとは思いも

よらず、つい返答がちぐはぐになった。

「まさか、三浦屋の萩野さんを竹松にあてようという話ではございますまいな」

「いけませぬか」

「呑み屋の小僧さんです。虎次親方が預かる給金ですが、大楼に揚がるほど金子は貯まっておりますまい。当人は高尾太夫や薄墨太夫を夢見ていたようですが、親方や常連の客の左吉さん方から松の位の太夫がどれほどの格式の者か聞かされて、中見世（半籬）の抱えで気立てがよい遊女ならばそれでよいと得心しております。まさか三浦屋の抱えとは考えもしませんでした」

「まあ、櫛笄を返しついでに薄墨太夫に会ってご覧なさい。遊び代が足りぬならそれはそれで考えます。竹松が先々身を持ち崩さず末永い吉原の客になってくれるなればそれはそれでよしです」

と四郎兵衛が笑った。

幹次郎が櫛笄を懐に三浦屋の表口で訪いを告げたのは、四つ半時分だ。

「おや、神守様」

と遣手のおかねが、台所で朝餉を食する気配が伝わってくる三浦屋の板の間から声をかけてきた。

「朝餉の最中でございましたか」

「なんですね」

「萩野さんにこの櫛笄を返却に参った」

布包みを遣手に差し出した。

「萩野ったら頭の飾り物を奪われて、何日も意気消沈していましたのさ。大事なお客様からの頂戴物をなくして合わせる顔がないってね。大喜びしますよ。神守様、ちょいとお待ちを」

と奥に向かいかけた遣手を引き止め、

「七代目に薄墨太夫に会うように命じられてきたのだがな、差し障りがあろうか」

「薄墨太夫かえ、最前朝餉を終えたばかり、ちょいとお待ちなさいな」

と櫛笄を手にして大階段を上がっていった。

部屋持ち以上の遊女は自分の部屋に三度三度の膳を運ばせることができた。だが、新造や禿は一階の大広間で慌ただしく食事をした。この場合でも新造は猫足膳が与えられたが、禿は長い飯台(はんだい)と分けられていた。

大階段に足音が響いて、おかねが戻ってくると、

「神守様、お上がりなさいな」

と薄墨太夫の座敷に招じられた。

薄墨は昼見世を前に鏡の前で化粧をしていた。

「太夫、邪魔ではございませぬか、それがし、あとにしよう」

「神守様なればかまいませぬ。ささっ、お入りくだされ」

と応じた太夫の言葉にも迷った。

当代を代表する花魁の化粧の場に吉原会所の者とはいえ立ち入るのはどうかと思ったからだ。

「神守様、とって食いはしませぬ。なんぞ御用がございましょう」

「いや、用は済んだ」

萩野の櫛笄を返却に来たことを告げた。

「おかねさんから聞きました。萩野さんはさぞ喜ばれることでしょう」

「七代目より薄墨太夫に会うように命じられましたのでな、かく参上した次第にござる」

分かりました、と薄墨太夫が答えたとき、廊下に人の気配がして、太夫と呼びかける声がした。

「萩野さん、お入りなされ」

振袖新造の萩野が姿を見せた。

幹次郎の印象ではその素顔に記憶があるようなないような曖昧なものだった。

遊女と接するとき、大概相手は化粧をしていた。幹次郎が知る数少ない素顔の主は薄墨太夫こと加門麻(かもんあさ)くらいだった。

「神守様、飾り物を取り戻していただき、真に有難うございました」

「いや、それがしひとりで取り戻したというわけではない。ただ今会所の頭取に返却方を命じられただけだ。ともあれ、大事な飾り物が戻ってよかったな」

幹次郎は張りのある愛くるしい顔の萩野に笑いかけた。

「神守様、なんぞ七代目は申されませんでしたか」

と薄墨が話を進めた。

「うむ、七代目があることを申されたが、萩野さんは知らぬことではないかと思うてな」

「馬喰町の煮売り酒場の小僧さんの話にございますよね」

「おお、薄墨太夫は承知であったか」

「汀女先生から聞いて、ふとそのような純情な小僧さんなれば三浦屋のだれぞに願えぬものかと思いつき、萩野さんに相談しますと、私でよければ竹松さんの夢を叶えてやりたいと申し出られたのでございますよ」

「それで薄墨太夫が七代目に話を通してくれたのでござるか」

神守幹次郎は萩野に眼差しを向けた。

「萩野さん、竹松の夢を叶えてくれますか」

「そのような純真な小僧さんの生涯一度の夢を叶えてやりとうございます」

振袖新造が幹次郎の目を見ながら答えたものだ。

「竹松はこの話を知ったら、雲の上にも舞い上がらんばかりで大喜びをしような」

ようやく話がほんとうのことと知った幹次郎は、

「小僧のお仕着せ姿でいくらなんでも天下の大楼三浦屋に送り込むわけにはいくまいな。どうしたものか」

と、形を案じた。

「その点なれば山口巴屋の玉藻様にお願いなされませ。一夜だけどこぞの大店の若旦那に早変わりさせてくれましょう」

「となるといつがよろしいか」

「藪入りが終わった頃合が吉原も落ち着いておりましょう。どうです、萩野さん」

「すべて皆さんにお任せ申します。私ができることは竹松さんに一夜の思い出を作る手伝いをなすことにございます」

「それがしからもよしなに頼む」

幹次郎が萩野に頭を下げ、萩野が慌てて、

「こちらこそお陰様で大事な櫛笄を取り戻すことができました。礼を言うのは私のほうにございます」

と深々と辞儀をして、取り戻した飾り物を胸に抱いて薄墨太夫の座敷を下がっていき、控の間の襖を閉じる音がした。

「太夫、それがし、虎次親方にも竹松にも年来の約束を果たすことになった。嬉しいかぎりじゃ、礼を申す」

「神守様は他人のことになると必死で働かれますな」

「それがしの本分は薄墨太夫がた、遊女衆に尽くし、廓内の安全を保つことゆえな」

「ならば、手伝ってくだされ」

「なにをでございますな」

「衣紋掛けに昼見世の小袖が掛かっております、それを私に」

薄墨太夫が鏡の前に立ち上がった。

「女衆を呼びましょうか」

「いえ、ただ今の刻限、朋輩衆はどこもわが身のことで手いっぱい」

幹次郎は衣桁に掛かった初春の野山のおぼろ景色を描いた小袖を取ると、薄墨の背に回った。

薄墨が帯を解くと、着物がぱらりと肩から滑り落ちた。すると白の長襦袢姿の背が幹次郎の目に映じた。

「御免なされ」

と小袖を両肩に着せかけると薄墨太夫の体が幹次郎の広げた小袖へと傾き、両腕にすっぽりと収まった。

「太夫、小袖を」

「神守様、一瞬でよい、わが身を強く抱きしめてくだされ。加門麻の夢を叶えてくだされ」

薄墨太夫の声が幹次郎の耳に切なく響いた。

「太夫、それは道ならぬ行いにござる」

「一瞬、ほんの一瞬にございます」

幹次郎の腕の中で薄墨太夫が身悶えした。

「竹松どのの夢を叶えて差し上げる神守様にございます、この加門麻にもお情けを」

その言葉に幹次郎は両腕に思わず力を入れていた。

薄墨太夫の白長襦袢の下に盛り上がった双丘が激しく動悸しているのが掌に感じられた。

「ああ、幸せにございます」

と薄墨太夫の切々とした吐息がふたりの間だけに響いた。

二

幹次郎は仲之町に出ると歩みを緩めて、ゆっくりと大門へ向かった。まだ幹次郎の両手と胸に薄墨太夫の薄物を透した肌のぬくもりが残っていた。

禁断の想いだった。

幹次郎は薄墨太夫が平常心に戻るのを待って、静かに体を離し、

「竹松がこと、よろしくお願い申します」

と言い残すと座敷を出てきたのだ。

吉原の遊女はかりそめの恋情に生きる女だ。もしそれが、

「本気」

へとすり替わったとしたら、抜き差しならない悲劇が待ち受けていた。むろん薄墨太夫もそう承知していた。承知して金で売り買いされるわが身に、

「叛逆」

を試みていた。

幹次郎が薄墨太夫の情愛を受けたとしたら、奈落の底が両者に待ち受けているだけだ。

(薄墨太夫の迷いは切なく深い)

と幹次郎は思った。

だが、狭い廓内でふたりが接することなく生きる術はなかった。できるかぎりふたりになる機会をなくすることが幹次郎の考えつく自衛策だった。

会所の前に来たとき、幹次郎の気持ちは鎮まっていた。

敷居を跨ぐと四郎兵衛が上がり框に待ち受けていた。廓内に出た長吉らは昼見世の間、見廻りを続けているはずだった。

「七代目、まさか話があのように進んでおるとは考えもしませんでした」

「萩野と会いましたか」

「薄墨太夫を交え三人で話し合い、藪入りが終わった頃合に竹松が三浦屋に上がることになりました」

「それはよかった」

「そこで玉藻様にお願いがございます」

「竹松さんは山口巴屋で形を変えて登楼しますか」

「はい、それができれば」

「玉藻に言うておきましょう。竹松さんのお里を皆が承知してどこぞの若旦那の身分に変えるだけの話、容易いことです。昼見世の間、事が起こる気配もございません。どうです、馬喰町まで行かれて竹松さんに知らせてこられては」

「しばし吉原を不在にしてもようございますか」

仙右衛門の不在を幹次郎は気にした。

「会所はこのところ番方と神守様に頼り過ぎております。長吉らで小さな騒ぎの一つふたつ始末できないようでは会所も困ります」

四郎兵衛の気持ちを受けて、幹次郎はふたたび会所を出た。

「出たり入ったり、裏同心どのも忙しいことよのう」

面番所の前から村崎季光が声をかけてきた。

「馬喰町まで御用で出かけてきます。村崎どの、昼見世の間、よしなに願います」

「おお、心得ておる、案じるな」

と応じた村崎が北の空に目をやって、

「番方たちはどこまで行ったかのう」

と呟くように尋ねた。

「村崎どのは旅がお好きですか」

「親父から受け継いだ町奉行所隠密廻りの職だ、なんの障りもないといえばないが、そなたらのように思いのままに吉原を離れて旅に出る機会はござらぬでな、まず旅の味がそれがしには分からぬ。その点からいえば、隠密廻り同心村崎季光、薄墨太夫らと同じ、籠(かご)の鳥よ。ああ、つまらぬわ」

と嘆くと面番所に入っていった。

旅がどれほど厳しいものか、八丁堀に生まれ育った村崎には想像もつくまいと、苦笑いした幹次郎が大門を出たとき、三人連れの男たちが五十間道を進んできて、

「ほうほう、ここが名高い大門だべか」

「意外と貧相な門ではねえか、これなれば名主の長屋門のほうが格段に立派だべ」

「そりゃ名主の長屋門は立派だがよ、名主んちには白粉塗ったあまっ子はいめえ。二俵かつぎの大力おたけがいるだけだ」

「おお、おたけのことは忘れんべえ、こぎれいな花魁に声をかけるべえよ」

「どこがよかんべえか」

と応じたひとりがふと幹次郎と顔を見合わせ、

「お侍さんよ、高尾太夫がいる楼はどこだべ、わすらは会津から出てきただ。在所の土産によ、三浦屋の高尾太夫と懇ろになりたいもんだ。まあ、ひと晩、太夫をひとり占めにするのは他の客にあんばいが悪かろう。四半刻でいいだよ。金はねえことはねえだ」

「高尾は松の位の遊女にござれば、いきなり万金を積んだとて敵娼にはなりませ

ぬぞ。門を潜った左手の伏見町の小見世に声をかけられるのがよろしかろうと思う」

「なにっ、高尾は万金を積んでもわすの褥には入ってこねえか。そりゃ、理不尽だべ。でえいち、わすには万金がねえだよ。ひぃふ、みと一分金がいくらかあるだけだ。伏見町に行くべえ行くべえ」

と賑やかに大門を潜っていった。

幹次郎は気持ちを引き締めると五十間道から衣紋坂を山谷土手まで上がった。

馬喰町には松飾りが残っていたが、もはや正月の雰囲気も薄く、江戸を訪れた旅人を受け入れる旅籠ものんびりとしていた。

九つ半（午後一時）の刻限だ。

旅籠が軒を並べる町に旅人が姿を見せるには一刻半（三時間）ほど早かった。

虎次親方の店には空駕籠が二丁停まり、駕籠舁きが丼飯を掻き込んでいた。

いつもの定席に身代わりの左吉の姿も見えず、縄暖簾の前で竹松が所在なげに盆を下げて立っていた。

「竹松どの、魂が抜けたような顔つきでどうしたな」

「神守様か、世の無常を最前から考えていたところですよ」

「小僧さんが考える無常とはなんだな」

「流れる水はどこへ向かうのか、ゆく雲はどこへ消えていくのか」

「深遠な命題じゃな」

「丈の短いお仕着せから長い脛を出した小僧が考えるこっちゃねえぜ」

と常連の駕籠舁きが箸を休めて、ふたりのやり取りに口を挟んだ。

「行雲流水、答えを求めて旅に出られるか」

だれもが旅に憧れを持つ時節か、と幹次郎は村崎の感慨を思い出して、竹松と重ねた。

「神守様、それもいいな」

「なにを抜かしやがる。二、三日前、酒を呑みに来た鳥追い女の面でも思い出してやがるな」

と台所から虎次が竹松の肩をとーんと突いて姿を見せた。

「親方、ろくな客もいないんだ、考えるくらい、いいだろ」

「まあな」

虎次が鯖の煮つけで丼飯を食う常連の客を見るとはなしに見た。

「ちえっ、親方も小僧もおれたちのことを客扱いしてねえぜ。日に一度と言わず二度三度と面を出す馴染客を大事にしないでどうするよ」

と駕籠舁きが仲間に言い、竹松が、

「神守様、左吉さんは牢屋敷にしゃがんでいますよ」

「そうか、身代わりのお勤め中か。だがな、本日は左吉どのを目当てに来たわけではない。そなたの都合を訊きに来ただけだ」

「おれの都合ってなんだい」

竹松がぼうっと正月ぼけの顔を幹次郎に向けた。

「そなたの敵娼が決まった」

「敵娼って」

竹松は判然としない顔つきだが、虎次親方の顔色が変わり、

「竹松、しっかりしねえか。神守様はおめえの吉原の相手が決まったと知らせに来なさったんだよ。ねえ、そうでございましょ、神守様」

と最後は幹次郎に念を押した。

「吉原の相手って」

ともう一度同じ言葉を繰り返した竹松の顔が、

ぱあっ

　と喜びに弾けた。

「か、神守様、お女郎さんが決まったって。若くて肌がきれいで気性がよくて、ひと晩じゅう一緒にいてくれる相手だよね」

「いかにもさようだ」

「わあっ！」

　手にしていた盆を投げ捨てると狭い店の中を飛び跳ねて回った。

「おい、竹松、相手の名前も聞かないうちからその興奮ぶりだと、局見世のばけもの女郎もおめえを持てあますぜ」

「竹松さん、わちきのしなびたおっぱいを吸わしゃんせ」

　と駕籠舁きたちが囃し立てた。

「うるさい、だれが羅生門河岸のお女郎さんがいいと言った。それが似合いなのはおまえたちだよ」

「ほうほう、鼻息の荒いこと荒いこと」

　駕籠舁きのひとりが丼飯を食い終えて茶碗に手を伸ばし、

「竹松、茶がねえぞ」

と文句を言った。

「そんなこと、熊公、自分でしなよ。ねえ、神守様、おれの相手はなんという名前のお女郎さんなの」

「萩野さんだ」

「萩野さんか、御城の老女様のような名前だな。歳はいくつなの」

「実際は二十一だがな、十八、九と言っても通じよう。透けるような白い肌の女郎でなんとも愛らしい顔立ちであったな」

「ふうーん、二十一か。歳は少々食っているがおれ、初めてだもんな。気性がよいならいいや」

と竹松が己を得心させるように呟いた。

「竹松どの、楼に上がるにはいささか手順がいる」

「手順ってなんだい」

「吉原には独りで来られるな」

「だって、何度もお使いに行ったもの、独りで行けるよ」

「ならば大門を潜った右手に会所がある」

「おれ、会所には用事がないんだよ」

「それがしの話を最後まで聞いてくれぬか」

「まどろっこしいな。なにが要るんだよ」

「会所の隣は七軒茶屋の山口巴屋だ。まずその引手茶屋に通る。玉藻様と申される女将が迎えてくれよう」

「七軒茶屋の山口巴屋と」

と幹次郎の言葉を繰り返す竹松を制して、

「待った」

と大声を上げたのは虎次親方だ。

「神守様よ、うちの竹松が筆おろしするんだよ。七軒茶屋だって、山口巴屋だって、そりゃ訪ねさせてやりたい。だがよ、無理だ。七軒茶屋なんてお大尽が大楼に揚がるときに使う茶屋だ。竹松とは無縁の話だ、だいいち小僧が貯めた金なんて高が知れていらあ」

と早口でまくし立てた。

竹松がぽかーんとした顔で親方を、幹次郎を見た。

「なんだ、どうなったんだよ、親方」

「おめえが揚がるって話はどうも見当違いと言っているんだよ」

「そんな」

泣き顔になった竹松が幹次郎を見た。

「親方もそれがしの話を最後まで聞いてくれぬか。その上で嫌だと申されるならばいくらでも苦情は受けつける」

「ならば神守様、話してみねえ」

親方が小上がりの上がり框にどさりと腰を下ろして腕組みした。

「竹松どのは山口巴屋で形を変えて、どこぞの大店の若旦那に身分をすり替えるのだ」

「ほう、それで」

「そこで山口巴屋の男衆が形を変えた竹松の若旦那を楼に案内する。ここまではよろしいか」

「先方の言いなりになればいいんだな」

「そういうことだ。紙入れはすべて玉藻様に預けていく」

「おや、萩野さんにはおれから遊び代を払うことはねえのか」

「すべて引手茶屋の山口巴屋が心得て、竹松の紙入れから支払う」

「足りるかね、親方」

「おれも心配だ。だが、神守様のお膳立てだ、最後まで聞こうじゃないか。ところで神守様よ、竹松が上がる楼はどこだ」

「仲之町と京一の角、三浦屋だ」

「み、三浦屋だって、いくらなんでもそりゃ無理だ」

と親方がまた悲鳴を上げた。

「三浦屋って薄墨太夫と高尾太夫がいるとこだよね、おれ、そこでいい」

「馬鹿野郎、小僧が貯めた給金で三浦屋に上がれるものか、おれたち、駕籠舁き風情は三浦屋の前は目をつぶってよ、素通りだ。そんな格式が高い楼なんだよ、竹松。こりゃ、いくら会所の用心棒の口利きでも無理だ、諦めな」

駕籠舁きが口を尖らせて竹松に言った。

「そなたらも黙って最後まで話を聞く気にならないか」

「なに、まだ話があるのか。ははあ、分かった。萩野なんて源氏名がご大層だ、盛りの過ぎた番頭新造をあてがわれたな」

「二十一の番新なら若いじゃねえか」

と駕籠舁きが仲間同士言い合った。

幹次郎は収まるのを待って話を再開した。

「最前申したように萩野は二十一歳、一年前に薄墨太夫の振袖新造についた売れっ子の遊女だ」

「話が見えねえ」

「だから、最前から黙っておれと言うておる」

幹次郎に睨まれた駕籠舁きが首を竦めた。

「神守様よ、おれも差し出口はこの際したくはないが、この話、聞くだに恐ろしいぜ。三浦屋なんて大籬は一見の客が行くとこじゃねえ、それにこちらは小僧の筆おろしだぜ。話の持っていく先が間違ってねえか」

「親方、間違ってはおらぬ。最前、それがしが直に三浦屋の薄墨太夫の座敷で萩野と会い、ちゃんとこちらの願いを伝えて、ふたりともに快諾してくれたことだ」

「快諾ってなんだい、親方」

竹松が虎次に尋ねた。

「天下の薄墨太夫と萩野がいいと言ってくれたってことよ。おりゃ、信じられねえ」

と虎次親方が呟いた。

竹松の視線が落ち着きなく親方と幹次郎の間を往復した。

「竹松どの、それがしが申すことを信じよ」

「だけどさ、三浦屋なんて大見世は一見の客なんて受けつけないのだろう。それによ、大身のお武家様とか分限者が行くとこだよ、それくらいおれでも知っているぜ。おれが行ったら塩を撒かれねえかね」

「この話、やめるか」

「ほんとのほんとなんだね」

「神守幹次郎を信じよ」

「よし、決まった。いつ吉原を訪ねるんだっけ」

「藪入りが終わった頃合だ。いちばん早くて十七日か」

「今日が八日だからさ、十七から八を引くと幾日だ、熊の兄さん」

竹松が両手を使って勘定していたが、駕籠舁きのひとりに訊いた。

「頭が早狂ったか。九日だよ」

「九日っていつだ」

ふうっ、と大きな息を吐いた虎次親方が、

「神守様、竹松のことであちこちに頭を下げなすったようだな、すまねえ。まさか竹松の筆おろしがこんなにも大仰な話になるなんて、おれは夢にも考えなかったよ。竹松の付き添いでおれが登楼したいくらいだ」

と思わず本音を漏らし、台所から、

「おまえさん、なんて言ったえ！」

という虎次のかみさんの怒鳴り声が店に響き渡った。

「ちえっ、言っただけじゃないか。これだから女は困りものだ」

「親方、萩野さんも女だよ」

「こっちは会いもしねえのに間夫になった気でいやがる」

とぼやいた親方が、

「神守様、世話になっていいのかね」

「萩野もな、そのような純真な小僧さんの生涯一度の夢を叶えて差し上げたいと快く受け止めたのだ。竹松どのが何者か、三浦屋は承知で受け入れてくれるのだ、安心して送り出してくだされ」

「若旦那の形は山口巴屋に願うとして、小僧のお仕着せでいいかねえ。吉原の大門を潜るのにさ」

「山口巴屋も会所もすべてを承知のことだ、藪入りの折りの形でよかろう」

「よし、それで決まった」
とようやく得心した虎次が、ふうっ、と大きな息を吐いた。

三

仙右衛門とお芳は七つ（午後四時）の刻限、粕壁宿に到着して御用旅で何度か泊まった池田屋政七方に草鞋を脱ぐことにした。

旅慣れないお芳を伴っての道中だ。なにか差し障りが生じることを仙右衛門は密かに覚悟していたが、お芳はなかなかの健脚で、旅を心から楽しむ様子があった。

将軍家の日光社参道中の一夜目が御成街道の岩槻城であったことを考えれば、日光道中の粕壁は、より御成街道との合流点の幸手に近い。

「お芳、旅の初日にしてはなかなかのものだぜ」

池田屋の前で菅笠を脱ぎながら、仙右衛門がお芳を褒めた。

「おや、兄さんが褒めるなんて明日から天気が崩れるよ」

「よしてくんな。旅でいちばん難儀なのが雨風雪だ」

夫婦が言い合うところに、

「お客さん、お泊まりですか」

と番頭が姿を見せて、

「おや、吉原会所の番方じゃあございませんか。御用旅ではなさそうな」

とお芳の顔をちらちらと見た。

「新蔵さん、心配するなって。年増女郎を足抜させて逃げてきたんじゃねえぜ」

「番方、なにもこの女衆がお女郎なんて言ってませんよ。だいいち年増だなんてこのお方に失礼でございますよ」

「眼は口ほどにものを言いってな、顔がそう言っているぜ。新蔵さん、おれのかみさんだ」

「おや、いつ所帯を持たれましたな」

「暮れにな、七代目方からたいがいにしろって、引導を渡されたのさ」

「おきれいなおかみさんだ、私がお女郎と見間違えても不思議じゃございますまい」

「ほれ、みねえ。新蔵さんはおれが厄介ごとを抱えて泊まりに来たと思っていたんだよ、お芳」

「お芳さんと申されますか。お初にお目にかかります、会所とは古い馴染の池田屋にございます」

「芳にございます。仙右衛門とは吉原五丁町の裏町で兄妹のように育った仲にございます」

「えっ、吉原育ちでよくもお女郎にと勧められませんでしたな。お芳さんほどの美形ならばさぞ売れっ子のお女郎ができ上がっていたでしょうに」

「それが嫌さに、吉原を出て、吉原近くの診療所柴田相庵先生に弟子入りしたのさ、今や相庵先生の右腕にして娘だ。おれはそちらに入り婿でな、頭が上がらないってやつだ」

「おや、女医者でしたか」

「いえ、医者だなんて。ただの手伝いにございますよ」

「さあさあ、ただ今濯(すす)ぎ水をお持ちしますでな」

と新蔵がふたりを土間に案内して、

「おーい、お客様だよ、濯ぎをふたつな」

と奥に命じた。

「番方、どちらへの道中だね」

「わっしの先祖の曾祖父が下野今市外れ沓掛村から笈を負って江戸に出てきたそうな。以来、爺さんも親父も故郷に一度も戻ってねえ、お芳と所帯を持つに当たって、わっしの故郷を見たくてな、ふたりして先祖の墓参りさ」

「そいつは奇特なことですよ。ようもうちに旅の一夜の宿を取ってくれましたな。田舎の食べ物で口にも合いますまいが、膳をせいぜい飾らせてもらいますよ」

と新蔵が歓迎の辞を述べ、初日の旅を無事歩き通したお芳がほっと安堵の表情を見せた。


黄昏どき、吉原では仲之町を万灯の光が浮かび上がらせ、清掻の調べから、

「ちゃりん」

と鉄棒の音に代わって、箱提灯に先導された花魁道中が始まっていた。すると仲之町の人込みが左右にさあっと分かれて、その中を行く花魁のきらびやかな衣装と様式に嵌まった大仰な仕草には、吉原に通い慣れた通人の表情にも初めて大門を潜った浅葱裏の背中にも一様の快感が見えた。

吉原ならではの見物だった。

幹次郎は金次を伴い、待合ノ辻からゆっくりと水道尻に向かって見廻りを始め

た。

「番方とお芳さんはもう旅籠に入っておられましょうね」

「暮れ六つだ。お湯を使い、膳を前にしておられる頃合か」

「女房とふたり旅だなんて、どんな気分ですかね」

「番方の場合、吉原じゅうから祝われての旅だ。道中の諸々を楽しんでおられよう」

ふと金次が気づいたように尋ねた。

「神守様方は、何年も追っ手がかかっての旅を続けてこられたんでしたね」

「吉原に拾われてようやく安住の地を得た。そんな旅は苦しいばかりで、なんの楽しみもなかったように思えたが、今になってみると難儀したことや何日も飢（う）えに苛（さいな）まれて歩いた経験が懐かしく思い出されてくる。なんとも不思議なものじゃな、楽しいこともあったろうにそのようなことは思い出すことはない。なぜであろうな、旅の面白さはこんなところかのう」

「おれには見当もつきませんや」

「金次は若いでな、女房をもらってどこぞに旅をなせばそれがしが言うたことに、あのとき、神守幹次郎がああ言うた通りだと気づかれよう」

「おれに女房か、当分なさそうだ」

「好きな相手はおらぬのか」

「おれたちは廓内で惚れ合うことはご法度でございましょう」

幹次郎は己のことを言われているようで、その言葉が胸に突き刺さった。だが、金次は屈託なく言葉を継いだ。

「といって廓の外で女と会う機会はございませんや。番方は吉原の裏も表も承知のお芳さんと夫婦になってこんな幸せはございますまい」

と金次が羨ましそうに答えた。

「そなた、生まれはこの近くだったな」

「おれは三ノ輪の梅林寺傍の芋洗と呼ばれる一角の裏長屋で、雪隠大工の三男坊に生まれましてね。親父は上の兄のように大工に育てたかったようですが、おれは酉の市の折りに親父に連れられて入った吉原のきらびやかさに惹かれまして、下の兄の保造のように吉原の男衆になりたかったんです。親父に言ったら怒鳴られました。だが、保造が命を落としたとき、おれの気持ちが固いことを知った親父が梅林寺の和尚さんに相談しましてね、和尚さんは七代目と知り合いなんでさ、そんな経緯で会所に世話になることになったんですよ」

「そうか、そなたは三ノ輪生まれだったな」

「兄たちも吉原には馴染でね。おれが会所に勤めると決まったら、羨ましがりましたがね、花園に身を置くことが幸せとは限りませんや」

「上の兄さんは親父様の後を継がれたのじゃな」

「継ぐってほどのご大層なもんじゃございませんよ。親父と同じ親方の下で日傭取りでしてね、嫁を取って餓鬼もおります」

「そなただけが独り者か」

「へえ」

と応じた金次が、

「吉原に来て、遊女衆を間近に見て過ごす、この暮らしがおれにとってよかったんだか悪かったんだか」

と同じ言葉を重ねた。

吉原には三千からの遊女がいるのだ。若い金次が見初めた遊女も一人ふたりではあるまい。だが、手を出すことはご法度、もし手出しすれば、職を失い、吉原を出なければならなかった。

「暮らしとは、およそそのようなものであろう」

としか幹次郎は答えられなかった。

ふたりはいつしか水道尻まで来ていた。

火の番小屋では番太の老爺が七輪で餅を焼いていた。ふたりが覗き込んだのも知らず、その日の夕餉代わりの餅を焼く風景は、仲之町とは全く別の世界だった。

「ここまで悟れれば悩むこともないでしょうがね」

「金次、ほんとうに好きな人はおらぬのか」

「好きな人がいなきゃいけませんかね」

「いや、格別そうとは言い切れぬがな」

「番方じゃないが、幼馴染の娘がいましたがね、おれの遊び仲間と所帯を持ちました」

「先を越されたか」

「ドジなんですかね」

「幼いときは知らぬ。ただ今の金次は目端の利いた若い衆だ。その娘が独り者なれば会いに行くことを勧めたがな、仲間の女房ではそれもできぬ。その娘、妹はおらぬのか」

「神守様、手近から攻めよと申されますか。あいつは末っ子でね、妹はいませんや。少しとうが立った藪入りだが、長屋を覗いてくるか」

と金次が言ったとき、騒ぎが起こった。

幹次郎が声のほうを振り向くと、目に飛び込んできたのは白い犬を連れた願人坊主で、その前に立ちはだかったのは、十八、九歳の若侍だった。

「中林与五郎、おのれは三年前、出雲松江城下でわが屋敷に出入りを許されていたのをよいことにわが姉に懸想致し、それを咎めた父を斬り殺して逃げたであろう。一年半も前に江戸藩邸の者が江戸で犬を連れた願人坊主の恰好で歩いているのを見たと知らせてきた。以来、年余の捜索の甲斐あって、捕まえたわ。溝呂木忠也が父の仇を討つ、覚悟致せ」

と紅顔の若武者が壮年の願人坊主に名乗りを上げ、刀を抜いた。

わあっ！

という歓声が仲之町に起こり、若衆侍と願人坊主を残して人込みが左右に分かれた。人込みの間を白犬がうろうろと怯えたように歩き回った。

幹次郎はともかくこの場での戦いを阻止すべきと判断した。大勢の客や遊女に怪我をさせてはならない。だが、仇討は徳川幕府が認めた行為のひとつであった。

「金次、会所に知らせよ。ひょっとしたら、耳目をこちらに引きつけてなにか悪さが進行しているやもしれぬから、警戒を怠りめさるなとな」

「へえ、合点だ」

と応えて走り出そうとした金次が幹次郎に問い返した。

「この仇討は芝居ですかえ」

「いや、そうと決まったわけではない。もし真の仇討なれば、廓外に誘導致し、大門外で願いたいものだがな」

と思いつきを口にした。

幕府開闢以来二百年近くが過ぎて、仇討など芝居の世界の見物だった。それがなんと華の吉原、それも正月の仲之町で行われようとしていた。

願人坊主は托鉢僧の被る丸笠を手にしていたが、だいぶ使い込んだか、骨が見えた。そして、もう一方の手に五尺五、六寸（約百六十七～百七十センチ）の杖を持っていた。よく見れば仕込み杖のようにも見えた。

「松江城下など覚えがないと言うても通らぬか」

「おう、そなたの顎の傷がなによりの証し、父と揉み合いになった折りの傷じゃ」

「致し方ない、吉原なんぞに紛れ込んできたわしが悪い。だがな、わしがそなたの父御溝呂木六兵衛様と争うたはそなたの姉のことではないわ。金子を賭けた碁での諍いが因よ。と申したところでわしが六兵衛様を殺したことに間違いない。ただしあれは致し方なき諍いであった。ゆえに、そなたに大人しく討たれはせぬ」

と杖を片手に構えた。

すると願人坊主に扮した中林与五郎の連れた犬が、わうわうと溝呂木忠也に向かって咆えた。その首には麻縄の首輪があった。

幹次郎は咆える犬の背後に回り、首輪を摑んで、

「大人しくせよ」

と話しかけながら、

「御坊、綱を持っておられぬか」

と仇と名乗りをかけられた中林与五郎に尋ねた。

「おお、飼い犬を捕まえておいてくれると申されるか、かたじけない」

中林が破れ笠の下から古びた麻縄を投げてよこした。幹次郎は、

「ご両者、それがし、吉原会所の神守幹次郎と申す。暫時そのままでお待ちあれ」

と制すると犬の首輪に引き綱を結んだ。そこへ長吉らが駆けつけてきた。仲之町はもはや花魁道中どころではない。ひと組の花魁道中が立ち止まっていた。見れば薄墨太夫の一行だった。

幹次郎は会所の若い衆に引き綱を預けると、両者の間に立った。

「溝呂木忠也どの、中林与五郎どの、われらが耳にした仇討の子細、たしかなことにござろうな」

「真のことにございます」

と若侍姿の忠也が即座に答えた。すると、また、

わあっ！

という歓声が仲之町に沸いた。

「若侍、負けるな。願人坊主など叩き斬れ」

「願人坊主にも言い分があるんだ。仇討は五分と五分の真っ向勝負にしねえ。この竈（へっつい）長屋の民公（たみこう）が加勢するぜ」

「竈の民公、どちらが悪人か区別もつかぬか」

「なにっ、おれに文句をつけようというのか」

と野次馬同士が摑み合いの喧嘩を始める様子があった。

「静まれ」

と幹次郎が大喝した。すると仲之町の素見連が黙り込んだ。

溝呂木忠也は眉目秀麗な若侍だった。それに比べれば願人坊主は逃亡の暮らしに顔が日に焼け、角ばった顔立ちには、三年前まで両刀を手挟んでいた面影などどこにもない。

だが、幹次郎は中林与五郎がなかなかの剣術の腕前とみた。おそらく溝呂木忠也では相手にもなるまいと判断された。

「そこもと、間違いござらぬな」

と幹次郎が中林に念を押した。

「諍いの原因は違えど、この者の父と争い、斬り倒したのは事実にござる」

「相分かった」

と幹次郎が両者に言いかけ、

「そなたらが偶さか出会うた場所は天下御免の遊里吉原にござる。それも松の内の夜見世の最中、ご覧の通りにお客衆も多うござる。刀を翳しての戦いはなんとしてもご遠慮願いたい」

「な、なんと申されるな。それがしの懐には藩が許した仇討状がござる。武家が許された仇討を吉原が阻むと申されるか」

溝呂木忠也が幹次郎に刀を翳して詰めより、吉原見物の衆も忠也に加勢して、

「おおっ、裏同心の旦那よ、それはないぜ。願人坊主に肩入れしてねえか」

「そうだよ、華の吉原仲之町の仇討も乙なもんだぜ、明日の読売が書きたてるぜ」

などと勝手なことを言い、幹次郎に抗議した。

「そうではござらぬ。遊女衆に、はたまたお客衆に怪我があってもならぬ。吉原会所が然るべき場所を明日にも設け、両者が思う存分に戦うことでいかがにございますかと提案しておるのです」

「神守どのと申されたか。明日などと悠長なことを約して別れれば、中林与五郎はこの江戸から逃げ出すに決まっておる、承服できかねます」

忠也が言い募った。

「おお、乞食坊主が悠長に仇討の場所に姿を見せるものか」

「尻に帆かけて逃げ出すぜ」

と客も忠也を応援した。

「溝呂木どの、いかがでござろう。中林どのの身柄を会所が明日まで預かり申す。

そして、必ず約定の地に連れていくというのでは。そなたがどうしてもとこの人込みの吉原で刀を抜いて仇討を敢行されれば、よしんば見事に仇を討たれればよし、この人込みを巻き込んで怪我でも負わすことになれば、そなたも後々罪に問われることになるやもしれませぬ。となればそなたの勲に傷がつく。積年の恨みをしかるべき場所で心おきなく果たされぬか」

しばし溝呂木忠也が思案し、

「しかとその言に偽りござらぬな」

と念を押した。

「かように大勢の人々の前での言葉にござる」

と言うところに四郎兵衛が姿を見せて、

「私、吉原会所の七代目頭取四郎兵衛にございます。神守幹次郎様の処断、この四郎兵衛も同感にございます。必ずや神守様の提案、会所は守ります」

と約した。ここで忠也も、

「お願い申す」

と構えていた刀を鞘に収めた。

「小頭、溝呂木どのを面番所にお連れしてくれぬか。それがしは、中林どのを吉原会所に同道致す」

「神守様、承知しましたぜ」

と長吉が溝呂木忠也を面番所に連れていこうとすると、仲之町の騒ぎに集まった客らが、

「若侍、いいか、あいつを叩き斬ってお父つぁんの仇を討つんだぜ」

「願人坊主なんぞ腹を減らして生きてきたんだ、見かけほど強くねえよ。おまえさんの腕前なら必ず勝てるからよ」

と勝手なことを言って鼓舞した。

幹次郎が中林を従えて会所に向かうと茶屋の軒下に避難していた薄墨太夫が幹次郎を見て、

「神守様、よきご判断にございました」

と声をかけた。会釈を返すと金次が白犬の引き綱を引いて幹次郎に従ってきた。

四

幹次郎らは、中林与五郎と白犬を吉原会所に連れていった。

「だれか犬に食べ物をやってくれぬか」

と幹次郎が願い、金次が隣の山口巴屋の台所に走っていった。

「お気遣いいただき、恐縮至極にござる」

中林は落ち着いた声音(こわね)で礼を述べた。

幹次郎は会釈を返し、土間の火鉢にかかっていた鉄瓶で茶を淹れ始めた。その様子を見た中林が訊いた。

「吉原会所に侍がおられるのか」

「吉原は幕府がただ一か所認めた遊里にございましてな、ために町奉行所の監督差配を受けます。道を挟んで向こうにあるのは奉行所同心が詰める面番所にございまして、吉原の治安を守る公の詰め所にございます。じゃが、実際廓内の諸々を仕切るのは妓楼や茶屋にございます。かくいう吉原会所が存在して、面番所と協力し合い、事に当たっております。それがし夫婦は何年前になりますか、この吉原会所に拾われた者にございましてな、道向こうの面番所の同心にちなんで裏同心と呼ばれております。むろん公の身分でも役職でもございません」

と手短に告げた。

「裏同心どのに造作をおかけしますな」

「これも役目のひとつにござればな」

幹次郎は願人坊主の中林に茶を供した。合掌して受けた中林が一口啜り、

「美味い茶じゃ」

と漏らした。

そこへ金次が縁の欠けた丼に焼き魚の身をほぐしたものと味噌汁をかけた飯を入れて運んできた。

「さあ、食え」

と丼を白犬の前に置くと、犬は主の中林与五郎をちらりと見た。

「遠慮のう頂戴致せ」

中林の命に白犬ががつがつと丼の飯を食べ始めた。

「こやつ、遠州灘を望む浜辺で彷徨うていたところをわしが声をかけますと、身を擦り寄せてきましてな。おそらく同じ境遇を嗅ぎ取ったものにござろう。以来、わしの放浪道中の供になりましてね」

頷いた幹次郎が、

「それにしてもよう大門を潜ることができましたな。まず面番所の役人か会所の若い衆に止められるはずにございますがな」

「犬連れの乞食坊主が天下に名高い吉原に容易く入れるとは思いもしませんでしたがな、門前に佇んでおるとなんとなく人込みに押されて、気づいたときには賑やかな遊里におりましたのじゃ」

と笑った中林がまた茶を啜った。

「中林どの、われらの落ち度のせいでそなたは仇討の追っ手溝呂木忠也どのに見咎められてしもうた」

「それも宿命にござろう」

中林与五郎は淡々と答えた。

「中林どのには仇と狙われる謂(いわ)れがござるので」

「ございます。されど忠也どのが申されたように姉御のおせき様に心を寄せて、父親の溝呂木六兵衛様と口論になり、六兵衛様を斬り殺したという申し立てとはいささか事情が異なります。じゃが、今更そのことをうんぬんするつもりはございません。忠也どのが父親の仇討をせねばならぬ背景には溝呂木家の存続が関わっておりましょうしな、こちらは三年前の出来事の決着をつける気もござらぬが、相手が望むなれば受けるのみにございます」

いったん奥に引っ込んでいた四郎兵衛が姿を見せた。

「中林どの、吉原会所の七代目頭取四郎兵衛様にございます。町奉行になり代わり、吉原の諸々すべてを取り仕切っておいでのお方です」

幹次郎が改めて紹介すると中林与五郎が上がり框から立ち上がり、

「造作をかけて申し訳ござらぬ」

とこちらも丁寧に挨拶を返した。

「いささか中林様には不運な出会いにございましたな」

と応じた四郎兵衛が丼飯を一気に食べ終えて満足げな様子の白犬を見た。

「犬の名は」

「遠江の浜辺でこやつを拾いましたでな、遠助と呼んでおります。ふだんは大人しい犬にございますが一飯の恩義を感じてか、わしが危難に陥ると相手に歯向かおうとします。おおそうじゃ、明日、仇討にこの遠助を同道するのは忠也どのに迷惑にござろう。相すまぬがしばし遠助をこちらで預かってもらえませぬか」

と中林が四郎兵衛に願った。

「それはようございますが、出雲松江城下で起こった刃傷の真相をこの四郎兵衛に話してもらえませぬか」

「今さら乞食坊主が申すことを信じてもらえるとは思いませんが、わが家系は松江藩松平家の縁戚に当たる母里（もり）藩松平家一万石の小名（しょうみょう）の家臣にございましたがな、五代直行（なおゆき）様の治世に藩政が混乱し、わが父の代に主従の縁を切られて、浪々の身となり申した。そこで松江城下に移り、碁教授の看板を掲げてなんとか糊口（ここう）を凌いできました。その父の職をわしも十八歳で継ぎましてな、細々とした暮らしにございました。そんな折り、今から五、六年前にございましょうか、ふらり松江藩使番役（つかいばんやく）溝呂木六兵衛様がわが借家を訪ねてこられて、碁の指南を願われました。溝呂木様の碁はなかなかのもの、力業でねじ伏せる強引な手にございましたがな、こちらは父より生計（たつき）のために教え込まれた碁にございます。そこそこに溝呂木様に華を持たせて五分の勝負でその日は終わりました。

以来、わが屋敷に出入りを許すと申されて、年余にわたり、碁の相手に伺いました。溝呂木様はわしが言うのもなんでございますが、段々と力を蓄（たくわ）えられて、城下の碁好きの朋輩や碁会所などに出向くようになり、いささか姑息（こそく）な手を覚えて、わしにその手を試すこともございました。わしは知らぬふりをしておりましたがな、いつしか、そのことに自信を持たれたか、わしにただの勝負ではつまらぬ、一局一朱を賭けぬかという提案で、こちらも客を逃したくない一心で受けました」

と説明した中林与五郎は手にしていた茶碗の冷めた茶を喫した。

「賭け碁を始めて半年が過ぎたころ、溝呂木様は、一局一朱ではつまらぬ。一局二分にしようと言い出されました。われら、賭け碁と申しても銭のやり取りをその都度なしたわけではなし、わしの勝ちが積もり積もって帳面上は三両一分ばかりになっておりました。溝呂木様はそのことを気になされて、一局二分などという申し出をされたのです。わしは客としてお付き合いいただいておるだけ、稽古料を頂戴すればそれでようございましたがな、溝呂木様はいささか平静を欠いておられた。後々、分かったことですが、溝呂木様は碁会所などで負けが込み、借財がかなりの額になって、きつい催促を受けておったそうな。わしにまでそのようなことを持ちかけられた理由にございますよ」

幹次郎は茶碗に改めて茶を淹れて、中林に渡した。

白犬の遠助は餌をもらい、満腹して満足したか、土間の火鉢の傍らにとぐろを巻いて眠っていた。

溝呂木忠也を面番所に連れていった長吉はなかなか戻ってこなかった。おそらく長吉も一緒に村崎季光同心に立ち会い、忠也から事情を聞いているのだろうと考えられた。

新たに幹次郎が淹れた茶を喫した中林は話を再開した。その口調は淀みなく常に平静であり、なにより話が具体的で説得力があった。

「わしの目の前で溝呂木六兵衛様は勝ちを焦るあまりなしてはならぬ誤魔化しを二度三度と繰り返されました。わしがあまりの非道に注意しますと、六兵衛様の血相が変わり、おのれ、言いがかりをつけるかと、腰の脇差を抜いて成敗してくれんと斬りかかられました。揉み合いになりましたが、出雲に伝わる居合不伝流を碁と一緒に父より伝授されております。脇差を奪い取ろうとしたとき、溝呂木家の家来がひとり駆けつけてきて、いきなりわしの背を斬りつけようとした。そこでわしは六兵衛様より奪った脇差で家来の胴を軽く撫いで斬ったところ、六兵衛様が大刀を抜いて突きかけようとなされた、そのときの傷がこの顎のものにござる。一方、わしの脇差が六兵衛様の胸に刺さった、それが三年余前、出雲松江城下溝呂木家で起こった事件の真相にござる」

「ふうっ」

四郎兵衛が溜息を吐き、呟いた。

「とかく碁は熱中すると人を狂わせるものにございますよ」

「いかにもさよう、碁はそれだけ面白みと狂気を盤上に秘めておるがゆえに武家方に愛されてきたのでござろう」

首肯した四郎兵衛が、

「その後、どうなされました」

「まず溝呂木家を退散するのが先決と考え、それがし、庭に飛び降りると塀を乗り越えて借家に戻り、わずかに貯めた金子を懐に母里城下を目指しました。当然追っ手がかかることは予想しておりました。ゆえに先祖の墓に永久の別れをなして、伯耆との国境を越えて逃亡の暮らしに入りました。その後、石見国の小さな山寺に逗留していた折りに得度をして坊主に身をやつし、勘を頼りに逃亡する日々にございました。逃亡から半年もしたころでしょうか、大坂の松江藩蔵屋敷の家臣らが酒屋で噂をしているのを軒下で雨を避けながら聞きました。溝呂木家では、娘の溝呂木せき様を見初めて嫁にと申し出て主の六兵衛様が手ひどく断わったのを根に持ち、元母里藩松平家下士の中林与五郎が、いきなり刃傷に及んだという噂をしておりました、わしはおせき様の顔すらよう知り申さぬ。一方で蔵屋敷の家臣たちは、溝呂木様は賭け碁に狂っておったという話ではないか、浪人者が娘を嫁になどと言い出すものであろうか、溝呂木家を継ぐためにそのような話をでっち上げたのではないかとも言い合っておりました。溝呂木家は松平家の古い家来筋、事の真相はどうであれ、倅の忠也に仇を討たせて、溝呂木家を再興することが大事と考えられて、仇討状を授けられたのでございましょう」

と中林の話は終わった。

四郎兵衛も幹次郎も中林与五郎の話に嘘はないと感じていた。だが、武家社会では事の真相よりも決められた手順で仕来たり通りの決着をつけるかどうかが優先された。

「中林様、どうなされますな」

四郎兵衛が沈黙のあとに尋ねた。

「忠也どのは事の真相など知らぬままに仇討に出されたのでしょう。倅どのもまた父親の六兵衛様が狂った碁の犠牲になった御仁です」

「大人しく討たれると申されますか」

「それではいささか理不尽ではございませぬか」

中林が四郎兵衛に反論した。

「あなた様が申されたことは真実にございましょう。じゃが、華のお江戸の吉原で、松の内の最中に出会うた仇討の溝呂木忠也様と仇役の願人坊主姿の中林与五郎様、世間はどうみても若い忠也様贔屓でございましょうな」

「四郎兵衛どの、この際、世間の評価などどうでもよい」

「じゃが、間違いなく松江藩は世間の感じ方を追い風にして、忠也様に仇を討たせる算段をつけましょう。ここはあなた様が尻に帆をかけて江戸から逃げ出すのがいちばんの策じゃが、うちの神守幹次郎様が会所預かりにして口を利いた以上、それもできかねます」

「それがし、逃亡の暮らしにいささか疲れ申した。今さら逃げる気はござらぬ」

「溝呂木忠也様と尋常の立ち合いをなされますか」

中林の視線が幹次郎にいった。

「そこもとはわしにも忠也どのにも約された」

「いかにもさようです」

と幹次郎が返答をした。

「松江藩では溝呂木忠也どのに家臣の助け人を幾人か用意しましょうな」

「それも致し方なきこと、わしには遠助しかおらぬが犬に助けてもらうわけにもいくまい。最前申した通りに面倒を願う」

四郎兵衛が大きく頷くと、

「あなた様の身、わが会所が預かりました。まずは旅塵を湯で洗い流しなされ。

明日までの部屋はこの会所に用意させます」

と応じた四郎兵衛が若い衆に、

「山口巴屋の内湯に案内せよ」

と命じた。

四郎兵衛は中林与五郎が姿を消したあともしばらく沈思していた。煙草入れを手でまさぐっていた四郎兵衛の手が止まり、

「神守様、中林与五郎様の話、どう聞かれましたな」

「まずは大方では真実かと」

「私もそう思います。じゃが、松江藩十八万六千石には面目がある。吉原の大勢の前で溝呂木忠也様と中林与五郎様が出会うたのは松江藩にとって不運かもしれぬ」

「中林どのにとってもではございませぬか。七代目が申される通り、松江藩としては面目を立てるために強い助け人を用意なされましょうな」

「しかし、忠也様が見事に本懐を達せられたとしても世間は、なんだ、寄ってたかって願人坊主ひとりを殺しただけではないかと言うことになりませぬか。となると松江藩は、助け人を出したことが却ってやぶ蛇になる」

「と申して溝呂木忠也どのと中林与五郎どのの一対一の尋常の勝負では忠也どのに勝ち目はございません」

「忠也様はその程度の剣術にございますか」

「と見ました」

「さあて弱った」

四郎兵衛が言うところに会所の腰高障子が開いて長吉が戻ってきた。すると白犬の遠助がむくりと顔を上げて、長吉を見た。

「溝呂木忠也様はどうなされた」

「赤坂(あかさか)御門内の屋敷に入られました。その前に村崎季光同心とわっしの前で仇討の事情を話されました」

「どうでしたな、話は」

「出会うた仲之町の辻で広言(こうげん)した事情を繰り返したに過ぎませぬ。どうやら忠也様は溝呂木家の親戚筋にそう言いくるめられて仇討の旅に出たようで、その真偽など考えたこともないかと思います」

長吉の言葉に頷いた四郎兵衛が、

「なぜ本日、吉原にひとりで訪ねてきたのであろうか」

「それにございます。若侍は仇討の旅に十五の歳で出されたはいいが、近ごろでは仇討そのものに疑いを抱いたようで、本人は申しませんが、京町二丁目の中見世、一碧楼の振袖新造、あざみといい仲で五日に一度は通ってくるほどでございますそうな。いえ、こいつは忠也様ご自身が話したわけではございませんで、一碧楼の番頭が面番所を出たわっしを手招きして耳打ちしたことにございますよ」

「このご時世だ。ほんとうなれば両者して仇討をしたくもなければ討たれたくもあるまいに」

「七代目、村崎様は大変張り切っておられましてな、仇討の場所を対岸の長命寺前の出会いがしらということでどうだと、七代目に伝えてくれと言われてきました」

「川向こうね。それはいいが小頭、松江藩十八万六千石が絡むこと、松平家の意向を聞かぬと成り立たぬ話じゃぞ」

「へえ」

と長吉が答えて困った顔をした。

「中林様は仇討の原因をどう話したのでございますか」

長吉の問いに幹次郎が中林与五郎の証言を告げた。

「願人坊主の話のほうが具体的で真実のように聞こえますな」

「まずこちらが三年前の騒ぎの真相かと神守様と話したところです。じゃが、この話は松江藩にとって世間に知られたくない事実でありましょうよ」

「で、ございましょうね。父親の仇討を健気にもやり遂げる溝呂木忠也様の勲に泥を塗ることになりますからね」

「そこだ。このこと、単に明日、長命寺前で出会いがしらの仇討をお膳立てして済む話ではございません。中林与五郎様にも言い分があり、松江藩の体面、溝呂木家の再興がかかっている話ですでな」

と言った四郎兵衛が、

「神守様、赤坂御門までお付き合い願えますか。松江藩をお訪ねして相談を致しませぬと三者に傷がつくことになります。ひいてはこの一件に関わった吉原会所の面目にもな」

「同道致します」

と即答したが、幹次郎にはこの騒ぎの結末が全く読めなかった。それにしてもなんと次から次に厄介ごとが起こる正月かと幹次郎は思った。

第五章　竹松の夢

一

駕籠に乗った四郎兵衛の供をし、浅草御蔵前通りを赤坂御門に向かった幹次郎は急に寒さを感じた。

夜空を見上げるとちらちらと白いものが舞い落ちてきた。

「七代目、雪にございますぞ」

「寒い寒いと思うておりましたが雪ですか。出がけに玉藻が羽織の下に綿入れを着せてくれ、膝かけを駕籠に入れてくれて助かりました」

四郎兵衛の声がほっとしていた。

「この雪はなんとのう、ひと晩じゅう降りそうな気配です」

「積もりますかな」

「うっすらと積もるやもしれませぬ」

御蔵前通りの札差(ふださし)の店はどこも大戸をすでに下ろして、寒さのせいか人の往来も少なく、駕籠舁きの足音だけが幹次郎の耳に響いてきた。

「さあて」

と駕籠の中から四郎兵衛の思案する声が漏れた。

むろん雪に対するものではない。仇討についてどう松江藩に掛け合うか、思案に余って思わず漏れた声だった。

吉原会所はまず大半の大名諸家と付き合いがあった。

むろん藩主自らが吉原に姿を見せることはないが、御城の詰めの間の大名家同士は寄合を作り、その交際などに吉原がしばしば使われた。これらの寄合には江戸家老か留守居(るすい)役が顔を出した。ゆえに四郎兵衛も各藩の重臣方と知り合いだった。

「松江藩の重臣方に話の分かりそうなお方がおられますか」

「それです」

と応じた四郎兵衛が自らの思案を整理するためか話し出した。

駕籠屋は吉原出入りの駕籠勢で、このような折りの話は聞かぬふりをして、他に漏らすことはない。

「松江藩はただ今七代目の治郷様が藩主の地位にお就きでございますが、治郷様の傍らにつねに朝日丹波茂保様が従っておられ、治郷様が提唱なされた明和（一七六四〜七二）の藩政改革に尽力なされました。この藩政改革は藩内で、御立派の改革と呼ばれ、朝日様の力も確固としたものになりましたがな、天明三年（一七八三）でしたか、朝日茂保様が死去なされて、朝日様に代わる人物は家老職朝原源宗様にございますそうな。ですが、私は面識ございません。吉原の寄合などには中老にして留守居役の亀田満右衛門様が出向いてこられます。このお方で事が済むかどうか、ともあれまず亀田様に面会を願うつもりです」

と四郎兵衛が言った。

夜の雪道をひたひたと四郎兵衛の乗る駕籠は進んだ。

神田川を越えた駕籠は雪が激しくなった武家地を抜けて、神田橋御門に出ると御城を左回りに一橋御門、雉子橋、俎板橋を過ぎて九段坂を上がり、千鳥ケ淵沿いに半蔵御門に出た。半蔵御門前から麴町一丁目を五丁目へと進んで左に曲がり、諏訪坂に差しかかったとき、幹次郎は、武州屋総右衛門こと御家人伴六三郎の屋敷があった界隈とは、紀伊家の江戸屋敷を挟んでちょうど東の反対側にいることに気づいた。

出雲松江藩の江戸屋敷は諏訪坂を下った赤坂御門の南側にあった。

すでに刻限は五つ半（午後九時）を過ぎていた。

広壮な門の屋根はすでに真っ白だった。門の大扉が閉まった松江藩だが、内部でざわざわとした人の動きがあった。そして、篝火（かがりび）が焚かれているのか、屋敷の上の夜空が赤く染まっていた。

幹次郎は通用口の閉じられた扉を叩き、訪いを告げた。

「どうれ」

と内部から門番の誰何する声が即座に響いた。

「吉原会所の頭取四郎兵衛が留守居役亀田満右衛門様に急ぎの用事でお目通りを願いまする」

と幹次郎が返答すると、

「なに、吉原会所じゃと。待て、しばらく待て」

と慌てた声がして、通用門の向こうで駆け出す足音がした。

四郎兵衛は駕籠の中で待機していた。待たされることは覚悟のことだ。

幹次郎も塗笠に積もった雪を払い落として待った。

しばらくするとばたばたと慌ただしい足音がして、通用口が開かれた。

「吉原会所の四郎兵衛が参ったそうだがたしかか」

「いかにも七代目四郎兵衛の訪いにございます」

と幹次郎が答えると、

「そなたは」

と相手が幹次郎の身許を質した。

「それがし、吉原会所の神守幹次郎にござる。今宵は七代目の供にて同道して参った」

幹次郎の答えに相手が小さく頷いた。

「四郎兵衛、これへ」

と駕籠の中に声をかけた。

駕籠舁きが四郎兵衛の草履を揃えて、七代目がゆらりと姿を見せた。

「大貫玄蕃様でございましたか」

四郎兵衛はすでに声で相手の見当をつけていたか、応対に出た松江藩家臣の名を呼んだ。

「頭取、溝呂木忠也の一件じゃな」

「いかにもさようにございます」

「相手の中林与五郎が逃げたなどという知らせではあるまいな」

「中林どのの身柄、吉原会所がお預かりした以上、そのような不細工な真似は致しませぬ」

うむ、と答えた大貫が、

「留守居役亀田様への面会と聞いたがさようか」

「大貫様、無益な時を浪費致したくございませぬ。これは松江藩にとって扱いを間違えると藩主治郷様のご体面にも差し障りがございましょう。亀田様にお目通りできぬのでございますかな」

四郎兵衛が言い切った。

「いや、そういうことではない、通られよ」

と相手がようやく四郎兵衛の訪問を認めた。

「大貫様、神守幹次郎を同道してようございましょうな。溝呂木忠也様と中林与五郎様の出会いを最初から承知なのはこの神守にございますればな」

「留守居役は四郎兵衛ひとりと申されておるが」

「大貫様、刻限に余裕がないと申しましたぞ。吉原の大勢の客の前で名乗りを上げられたのです、もはや江戸じゅうがこの仇討に注目しておりましょうからな。予期せぬことが起こったとき、いちばんお困りになるのは松江藩でございますぞ」

「相分かった。神守どのと通られよ。ただし、面談の場に同席が許されるかどうかは、亀田様にお伺いを立てたあとに決めたい」

大貫の許しを得て四郎兵衛と幹次郎が松江藩江戸屋敷に入ると、玄関脇に乗物が用意されて篝火が焚かれ、溝呂木忠也に同道する助勢方か、白鉢巻きに襷がけで侍が待機していた。だれもが殺気立った形相だった。

四郎兵衛と幹次郎は内玄関から屋敷に上がった。

「神守どの、暫時こちらでお待ちあれ」

と供待ち部屋での待機を指示された。

「神守様、しばらくお待ちくだされよ」

四郎兵衛が言い残して奥へと消えた。

供待ち部屋には火事装束や草鞋、手甲脚絆に鎖帷子などが用意されていた。

松江藩ではなにがなんでも溝呂木忠也に親の仇の中林与五郎を討たせたい意向の

ようだ。そのために助勢を忠也につけて一気に勝負を決したい決意が屋敷じゅうに覗えた。

幹次郎は手あぶりもない供待ち部屋で四半刻ほど待たされた。すると廊下に足音がして小姓が姿を見せ、

「神守幹次郎どの、こちらへ」

と案内に立った。

廊下を幾曲がり曲がったか。行灯の灯りが煌々と点った御用部屋から重い沈黙が伝わってきた。

「神守どのをお連れ申しました」

小姓が御用部屋に声をかけ、障子を開けた。すると火鉢の火と人の熱気が幹次郎の冷え切った顔に押し寄せてきた。

四郎兵衛と初老の武家が対面し、武家の背後に緊張を顔に漂わせた家臣五人がいた。

「おぬしが吉原裏同心の神守幹次郎どのか」

幹次郎は四郎兵衛の背後に控えた。座りながら御用部屋の隣に人の気配を感じた。

（だれが控えておるのか）

「吉原会所に裏同心などという役職はございません。面番所の同心と並べて巷が呼ぶ俗称にございます」

うむ、と答えた初老の武士が亀田満右衛門であろう。

「そなた、西国のさる藩の家臣であったそうな。上役の女房と逐電し、長年、妻仇討として追われる立場にあったそうな」

四郎兵衛が幹次郎の出自を告げたのであろう。

「いかにもさようでございます」

「仇討は追っ手も追われる側も過酷な暮らしを強いられる。そなたは年余にわたり逃亡を重ねて、吉原会所の助けで事態を仕末したそうな」

「わが妻は金子のかたに嫁にと強いられた者にございました。われらふたりは幼馴染にございましたが、一緒になるのにはそれしか手立てはございませなんだ」

「とはいえ他人の女房になった女と手に手を取っての逃亡は、感心せぬのう」

「亀田様、神守様の出自をお話ししたのは仇討がいかに過酷かを告げるため、また溝呂木様、中林様双方に最善の決着の場を設けられるのは神守幹次郎様しかおらぬと考えたからにございます。ここは神守様のことをうんぬんする場ではござ

います まい」

「それは分かっておる」

と苦々しく亀田が言った。

「最前の繰り返しになりますが、松江藩を挙げて溝呂木忠也様の助勢につかれるならば、中林与五郎様を討ち取るのは容易なことにございましょう。じゃが、そのつけは大きゅうございます」

四郎兵衛が警告した。

「中林与五郎に忠也ひとりで当たれと申すか」

「いえ、松江藩が表に立つことは決して藩のためにならずと申し上げておるのです。明日の昼には江戸じゅうが仇討の実態を知りましょう。忠也様の背後で松江藩が手助けしてよってたかって中林様を殺したことを知ることになります。となると松平の殿様は御城にて立場もなくなりましょう」

「四郎兵衛、夜明け前の川向こうでの仇討じゃぞ、見物人などいるものか。忠也が見事本懐を遂げたことだけが後々江戸じゅうに知れ渡る」

亀田の後ろに控えた家臣のひとりが四郎兵衛に言い切った。

「正月の吉原で偶さか出会ったふたりが名乗りを上げた仇討です。江戸の人々の物見高さを皆様方はご存じないようだ。面番所の隠密廻り同心が長命寺での出会いがしらでの仇討と決めたと同時に、大門の内外にその決めごとは流れておりますよ、間違いございません。大勢の見物の前に、松江藩は押し出されますか」

「それは困る」

亀田満右衛門が首を激しく横に振り、

「神守どの、中林与五郎の剣術を高く見ておるようだのう」

と話柄を転じた。

「中林どのは父御より碁と不伝流の居合術を教え込まれたそうな。それがし、なかなかの腕前と推察しました。また、追われる者は追われる恐怖を知るがゆえに、ふだんから身を守る術を弛まず磨いておられましょう。溝呂木忠也どのはそれに対して歳がお若い」

「若いゆえに技量が劣ると申されるか」

家臣のひとりが幹次郎に突っかかるように質した。

「いえ、それがしが申し上げたかったのは、追う側と追われる側の気持ちの違いにございます。溝呂木どのはいささか仇討に倦み飽きていたきらいが見受けられませぬか。吉原で中林どのを見つけたのは偶然のことにございましょうか」

「なにが言いたいのだ、おぬし」

これまで黙っていた家臣がいきり立ち、さらに言い募った。

「忠也は正月の吉原ならば仇討の相手の中林与五郎が姿を見せるのではないかと考え、出向いたのじゃぞ。父の恨みを晴らす気持ちは満々にあったのだ」

幹次郎は四郎兵衛にその返答を任せた。

「溝呂木忠也様は吉原のお客様にございました」

「なにを申すか、忠也は父の仇を討つ使命を負わされた者じゃぞ、見事宿願を果たさぬと溝呂木家の再興もならぬ立場じゃぞ。吉原なんぞの女郎にうつつを抜かしている場合か」

「亀田様、忠也様はこの半年余り、京町二丁目の一碧楼の振袖新造のあざみにぞっこんで、五日ごとに訪れては仇討などしとうはないと漏らしていたそうな。その理由をどなたかご存じですか」

四郎兵衛が亀田らを見た。

だが、だれもなにも答えない。

「忠也様のお父上はいささか碁に狂い、賭け碁に嵌まっていたそうですな。忠也様の姉に懸想し、嫁にもらわんとしたのをお父上に断わられたから刃傷に及んだというのはあとから付け加えられた虚言でございましょう。真相は、賭け碁にて負けが込み、にっちもさっちも身動きが取れなくなってお父上は自暴自棄になったのではございませんか。忠也様もそのことを承知ゆえ、吉原の遊女に入れ上げて、仇討のことを一瞬でも忘れようとなさったのではございませんか。その吉原通いで仇の中林与五郎様と出会うのですから、世の中はなんとも皮肉なものにございますよ」

四郎兵衛が吐き捨てた。

松江城下では知れ渡った事の真相を四郎兵衛に指摘されて亀田らは黙り込んだ。だが、沈黙に耐えられなくなったか、ぼそりと呟いた。

「忠也ひとりでは中林を討てぬとなれば、松江藩の面目は丸潰れではないか」

「いえ、やはり忠也様おひとりで仇討に向かわれるべきでしょう」

「それはそうだが、溝呂木家のこともある。殿は忠也が見事仇討を果たしたのちに再興させると常々申しておられる」

「仇討の本懐を遂げたのちの話にございますな。しかし忠也様が仇討を願われるなれば、ひとりで中林与五郎に立ち向かい、倒すことです。それしか溝呂木家が松江藩に戻る途はなし、また松江藩の面目も立ちませぬ」

「四郎兵衛、仇討に藩が関わってはならぬと申すか」

「はい。ただし、溝呂木家の親戚筋、あるいは溝呂木家の元家来が忠也様に助勢するのは仇討の常にございましょう」

「それしか方策はないか」

「勝負は時の運にございます。忠也どのがわが身を捨てる覚悟なれば道も開けましょう」

と幹次郎も言葉を添えた。

ぽんぽん
と隣座敷で手が打たれ、空咳が続いた。亀田の傍らの家臣のひとりが立つと、廊下を回って隣座敷に向かった。

その間、留守居役の御用部屋には沈黙が支配していた。

ふたたび家臣が姿を見せて、亀田に耳打ちした。亀田の顔色が朱に染まり、憤りのようなものが漂ったが、間もなく消えた。

「四郎兵衛、ご苦労であった」

と亀田が言った。

四郎兵衛が頷き、辞去しようとした。

「溝呂木忠也は松江藩となんの関わりもない。ゆえに家臣が忠也に従うこともない」

と亀田が呟いた。

「会所がやれることは約定の刻限に長命寺に中林与五郎様を案内することのみにございますぞ」

と念を押すように応じると四郎兵衛が立ち上がった。

雪は幹次郎が想像した以上に降り積もり、夜の町を白一色に染めていた。

駕籠の四郎兵衛も、従う幹次郎も黙々と吉原を目指して進んだ。

討ち手の溝呂木忠也も討たれる側の中林与五郎も今晩は一睡もすることなく、長命寺に向かうことになろう。

幹次郎は吉原に戻りつくと直ぐに中林に従う心積もりでいた。

八つ（午前二時）の時鐘が雪の江戸に鳴り響いたとき、駕籠から四郎兵衛の呟く声がした。

「どのような結末を迎えるのか、全く見えませぬよ」

幹次郎はなにか答えようと試みたが、なんの言葉も思い浮かばなかった。ただ黙々と雪の道を進むしかなかった。

二

吉原会所に四郎兵衛を乗せた駕籠が戻りついたのは八つ半の刻限だった。

会所では全員が徹宵で起きており、寒さに凍えた四郎兵衛と幹次郎を玉藻や汀女、長吉らが迎えた。

「お父つぁん、神守様、まずは湯に入って体を温めてくださいな」

と玉藻が言い、

「駕籠屋さんに十分な酒手を渡してくださいな」

四郎兵衛が凍える口で気遣いし、

「神守様、まず凍えた体を温めましょう。あとのことはそれからだ」

と幹次郎に言った。幹次郎は首肯しながらも、

「中林与五郎どのはどうしておられるな」

と土間の一角に敷かれた筵に体を丸めて休む白犬の遠助を見やった。

「中林どのは座敷で休んでおられます。玉藻様が仇討にふさわしく侍の衣装と刀

を都合しましょうと申し出をなされたところ、いや、この歳月この乞食坊主の形で生計を立て、生きてきたのじゃから、仇討の場にもこの形で臨みたいと願われて、申し出を断わられました」

と汀女が答えた。

「湯に入られたとき、下帯、襦袢、足袋などはこちらが用意したものを有難く使わせてもらうと合掌なされました」

と玉藻も言い足し、

「仇討を前にして淡々とした態度でございますよ」

「そうか、願人坊主の形で戦いに臨まれるか」

四郎兵衛が漏らして、幹次郎と一緒に山口巴屋の内湯に向かった。

ふたりはかかり湯を使い、冷えた体を湯船に浸けて、ほっと安堵した。

「今年の正月はあれこれと騒ぎが起きますな、大災害など起こらねばいいが」

四郎兵衛が呟くところに脱衣場に人の気配がした。

「お父つぁん、神守様、着替えをこちらに置いておきます」

玉藻の声が言い残して脱衣場を立ち去りかけたが、

「時間がないので湯に入りながらお聞きくださいな、おふたりさん」

と言いかけた。

「玉藻、なんぞ懸念があるのか」

「溝呂木忠也様の相手の一碧楼のあざみさんが会所に見えて、忠也様に鷲神社のお札と文を届けてこられたのです」

「ほう、そのようなことがな」

「お札は若い衆に松江藩江戸屋敷に届けさせました。おそらくお父つぁんたちと行き違いになったのでしょう」

「そんなことがあったか」

だが、玉藻の話はそれで終わりではなかった。

「あざみさんが会所に見えた折りのことです、犬が好きと見えて土間につながれた遠助の頭を撫でておいででした、そのとき、偶然にも中林与五郎様が表に出てこられました、遠助の様子を見に来られたのでしょう。そこでふたりが顔を合わされたのです」

「なに、中林どのとあざみがな。ふたりは互いの立場を知るまいな」

「いえ、あざみさんが名乗られましたので」

「あざみが名乗った」

「あざみさんは、お札と文を届けることを口実に中林与五郎様に願いごとがあって会所を訪ねてきたと思われます。中林様もあざみさんが忠也様の馴染の遊女と知ると、私どもにしばしふたりだけにしてくれぬかと申されて四半刻ほど座敷で話されました」

「ふたりはいわば仇同士の間柄ではないか、話し合うことがあろうか」

四郎兵衛が呟いた。

「ふたりとも話された内容は私どもに一切申されませぬ。ただあざみさんの気落ちした様子から見て、あざみさんは忠也様の命乞いをして、中林様に断わられたのではと推察されます」

幹次郎はあざみの気持ちも理解ができたが中林与五郎の判断もまた当然のことと思えた。

「だれが見ても中林与五郎様のほうが強いと思われようからな」

四郎兵衛はあざみの心情を思った。

「中林様は溝呂木忠也様とは尋常の立ち合いをなしたいと、あざみさんに答えられたのではないでしょうか」

「当然なことだ」

と答えた四郎兵衛が、

「じゃが、中林様が勝ち残られるとは言い切れぬ」

「忠也様には松江藩のご家来衆が従われるのですね」

「いや、この一件から松江藩は手を引かれた。私どもが説得したゆえな」

「ならば一対一の尋常勝負にございますか」

「忠也様には親戚筋の加勢が何人かつかれるはずだ。ゆえに中林与五郎様が勝つとも言い切れぬ」

四郎兵衛の返答に玉藻がしばし沈黙していたが、

「そろそろ七つ（午前四時）の時鐘が鳴りましょう」

と言い残して湯殿を去った。

「四郎兵衛様、長命寺に出かけられますか」

「行きがかりです。神守様とふたりで立会人となりましょうかな」

「ならばそろそろ湯から出る刻限です」

ふたりは湯船から上がり、体を拭うと脱衣場に上がり、玉藻と汀女が用意した衣服に黙々と着替えた。

七つの刻限、吉原では泊まり客がお店や屋敷に帰るために大門前に姿を見せる。その直前のことだ。

願人坊主姿に身を戻した中林与五郎が遠助と無言の裡に別れを惜しんでいたが、同行する四郎兵衛と幹次郎に、

「造作をおかけ申す」

と声をかけ、立ち上がった。そして、

「四郎兵衛どの、神守どの、使わせてもらった座敷にご両人に宛てた礼状を残してございます」

と言った。

「他になんぞお望みがございますか」

四郎兵衛が尋ねた。

「何年ぶりにござろう。湯に入り、真新しい下着を身につけ、温かい食事に酒まで頂戴し、ぬくぬくとした夜具で眠ることができました。戦いに臨み、思い残すことなどなにもございません」

「ならば出かけましょうか」

四郎兵衛の言葉に中林が尻尾を振る遠助にちらりと視線をやり、吉原会所の敷

居を跨いで外に出た。雪は降りやんでいたが、四、五寸（約十二～十五センチ）ほどが仲之町に積もっていた。

中林与五郎が会所の長吉や玉藻らに無言で一礼して、開けられたばかりの大門を潜って雪の五十間道を進み始めた。その傍らに四郎兵衛と幹次郎が黙々と従った。

船宿牡丹屋の屋根船が山谷堀に迎えに出ていて、三人が乗り込むと政吉船頭ともうひとりの若い衆が助け合って隅田川へと舳先を向けて、棹を差した。

山谷堀から隅田川へ屋根船が出ると、ふたたび雪が舞い始めた。

牡丹屋では屋根船にこたつを用意し、さらに酒の仕度までしていた。

「中林与五郎様の武運を祈り、一献酌み交わしませぬか」

「四郎兵衛どの、頂戴します」

幹次郎がふたりの杯に酒を注ぎ、

「神守どの、世話になり申した」

と中林が幹次郎の杯を満たした。

三人は雪の隅田川を見ながら杯に口をつけた。

「中林どの、吉原になんとなく紛れ込んできたと申されましたな」

「松の内の人込みに押されましてな、それがなにか、神守どの」

「追っ手を持つ身は人込みに出るのを避けるものです」

「神守どのの経験からにございますか」

はい、と答える幹次郎に中林が微笑んだ。

「同じ境遇を経験されてきた神守どのの目を欺くことは叶いませんか。それがし、三月前に江戸に出てきて以来松江藩江戸屋敷を注視して、中間、小者が通う酒屋にときに顔を出しておりましたゆえ、追っ手の溝呂木忠也どのが屋敷に匿われて、それがしを探すふりをしながら、吉原の遊女に溺れておることも承知しておりました。もはや若い忠也どのがそれがしを本気で討ち果たすことなど、考えにないことも感じておりました。昨日、なんとのう忠也どのが溺れた吉原を一目見て、江戸を去ろうと考えておったのです。はい、西海道の山寺に籠って生涯を終えようと考えておりました。ところが初めて訪ねた吉原で溝呂木忠也どのにそれがしの顔を見られるとは、なんとも不思議なことです。また忠也どのもそれがしに思わず声さえかけなければ、ふたりは永久に会うことはなかったでしょう。天命というしか他に答えようもない。われらは相見え、戦うさだめにあったのです」

幹次郎は中林の返答を得心した。

屋根船は雪の隅田川を横切って長命寺下の岸辺に接近しようとした。すると河原に大勢の野次馬がいて、

「おお、仇の願人坊主が来たぜ、ふてぶてしい面構えをしているじゃないか」

「吉原会所の七代目と裏同心が立会人だよ」

などと声高に言い合った。

「江戸はなにごとにつけて物見高いところでございましてな」

四郎兵衛が中林に説明し、

「中林与五郎様、溝呂木忠也様には松江藩から助け人はひとりも出ませぬ。ですが、溝呂木の親類筋から加勢が何人か出るはずです」

と言い足した。

ふうっ
と視線を上げて中林は四郎兵衛を、幹次郎を見た。

「ご両人が松江藩を訪ねられた理由にござるか。かたじけなくも中林与五郎、感謝の言葉もない」

「松江藩が表に立つことは藩にとっても、溝呂木様、中林様双方にとってもよい

ことではございませぬ。ご覧なされ、雪の朝、あのように集まった江戸の人々の口に戸は立てられませぬ。あれこれと噂が飛び交い、双方を、松江藩を傷つける結果となる。それだけは避けとうございましたでな」

屋根船が長命寺の船着場に寄せられた。

「心おきなく戦いの場に臨むことができます」

中林与五郎は残っていた杯の酒を口に含むと、

ぷうっ

と仕込み杖と思える杖に吹きかけた。

もはや三人の間に交わす言葉はなかった。

中林与五郎が静かに船から船着場に下り、幹次郎、四郎兵衛と続いた。

「道を空けよ」

と面番所隠密廻り同心村崎季光と小者、御用聞きらが野次馬を押しとどめていた。

「相手方は」

と幹次郎が村崎に尋ねた。

「まだ」

村崎同心はいつに似ず言葉も少なく緊張の表情だった。

土手道を三人が上がると長命寺の山門前に丸く広場があって、その周りを野次馬が取り囲んでいた。

雪の広場に床几（しょうぎ）がふたつ、対面するように置かれてあった。

「中林与五郎どの、あちらへ」

と一方の床几を幹次郎が差した。

「遠慮のう」

中林与五郎は饅頭笠（まんじゅうがさ）を被り、破れ衣（やれごろも）で杖を立てて床几に腰を下ろした。その背後に四郎兵衛と幹次郎が並んで立ち、ちらちらと舞う雪を見た。

政吉船頭が傘（からかさ）を持ってきて、四郎兵衛の傍らに立ち、差しかけた。

そんな態勢で四人は溝呂木忠也が姿を見せるのを待った。

中林与五郎が仇討の場に到着して四半刻後、わあっ、という歓声が野次馬の間から起こり、

さあっ

と野次馬の列が乱れて、その間に一丁の乗物が姿を見せた。

溝呂木家の縁戚のふたりと旧溝呂木家の家来ふたりの四人が乗物に従っていた。

縁戚のひとりは使い込んだ黒柄の槍を小脇に抱えて、意気込んだ様子があった。

中林与五郎は不伝流の居合の遣い手とはいえ、五人を相手にしては分が悪い。居合の一撃でひとり目を倒したとしてもあと四人が残っていた。いったん抜いたあと、居合術は遣えないのだ。

幹次郎は中林与五郎が居合の他にどんな剣を遣うのか知らなかった。

乗物の戸が開いて溝呂木忠也が姿を見せた。白装束に白鉢巻き、白の襷がけも凜々しく大刀の柄にも白布が巻かれてあった。

幹次郎は、紅顔の若武者の白鉢巻きに鷲神社のお札が差してあるのを見た。一碧楼のあざみが贈ったお札だろう。

「わあっ！」

という歓声が今一度起こった。

「溝呂木忠也様よ、願人坊主などあっさりと斬っちまえ！」

「おまえさんにはおれたちが付いているぞ！」

などと勝手なことを喚き立てた。

ゆっくりと中林与五郎が床几から立った。

忠也の助け人が忠也の左右から出ようとした。そのとき、

「伯父上」

忠也が槍の人物に視線を向けて、呼びかけた。

「この仇討、私と中林与五郎どのの一対一の戦いにしとうございます」

「忠也、なにを言うか。そなたの技量で不伝流中林与五郎を倒せると思うてか」

「勝負は時の運にございます。伯父上らの加勢を受けて中林どのを倒したとて、私の手柄にはなりますまい。死ぬも生きるも尋常の勝負に賭けとうございます」

と忠也が言い切ると、
うおおっ！

というどよめきが起こり、

「溝呂木忠也様、それでこそ武士（もののふ）、大和男子（おのこ）だぜ」

「よし、骨はおれが拾ってやる」

喚き声が重なった。

大歓声に忠也の助け人たちは動きを封じられた。

忠也が静かに中林与五郎の前に立った。

「忠也どの、それでこそ松平治郷様のご家来、松江藩士にござる。乞食坊主に身をやつせども、中林与五郎、武士の心を捨てたわけではござらぬ。手向かい申す」

と中林は宣告すると、腰を沈めて、仕込み杖を左腰に倒して構えた。

一撃一殺の居合術の構えだ。

それに対して忠也は細身の剣を抜くと正眼にいったん構え、数拍中林と睨み合った末に切っ先を下ろして、

「肉を斬らせて骨を断つ」

突きを選んだ。

幹次郎は感嘆した。武芸未熟な溝呂木忠也がようも覚悟したものよと思ったのだ。

間合は一間余。

踏み込めば生死が決する空間だった。

忠也が横に倒した刀を胸元に引きつけた。必死の形相で気持ちを集中させ、

おおっ!

と叫ぶと踏み込んでいった。

わずかに遅れて中林与五郎も突進した。

一気に間合が縮まり、中林の右手が仕込み杖の柄に掛かった。その姿勢のまま

に中林は自らを忠也の切っ先に曝すように前進した。

（なぜ抜かぬ）

と幹次郎が胸の中で叫んでいた。

ああっ！

と野次馬が叫んだ直後、忠也の突きが中林与五郎の喉を斬り破っていた。

茫然と溝呂木忠也が立ち竦み、よろよろとよろめいた中林与五郎が尻餅をつくように雪の原に座り込んだ。

「勝負ござった！　溝呂木忠也どの、積年の本懐を見事に果たされ、祝着にござる」

と村崎季光同心が叫んだ。

幹次郎は喉から血を流す中林与五郎を両腕に抱き、

「なぜ得意の居合を遣われませんでしたな」

と話しかけていた。

ごぼごぼっ
と中林の喉が鳴って血が流れ、

「か、神守どの、忠也どのには未来がござる。どちらかが生き残るなれば夢のある若者にござろう」

と言葉を絞り出した中林与五郎の体から力が抜けて、幹次郎の両腕にその重さがかかった。

三

政吉船頭の屋根船に中林与五郎の亡骸を乗せて、隅田川を横切り、山谷堀に入れた。その堀が北へと向きを変えるところに投込寺として有名な浄閑寺があった。

吉原と結びつきが深い浄閑寺に中林与五郎を埋葬しようと言い出したのは四郎兵衛だ。

「神守様、なぜ中林様は抜かなかったのでしょうな。仕込み杖を抜けば、必ずや中林様が勝ちを収めた。それが分かっておりながら若い溝呂木忠也様に憐憫の情をかけたか。自ら死ぬ道を選ばれたとは解せません」

「あざみさんと会うたことが中林どのの気持ちを揺さぶったか、あるいは追っ手から逃げる日々が嫌になられたか。四郎兵衛様、もはや真意は中林どのが胸に秘めて旅立たれました」

幹次郎の言葉に四郎兵衛が静かに頷いた。

浄閑寺下の土手に政吉が屋根船を着けて、若い衆が寺に向かって走り上がろうとした。亡骸を運ぶ戸板を借りるためだ。すると長吉らが土手上に戸板を持って姿を見せた。

すでに長命寺の仇討の結末は吉原会所に知らされていたらしい。

村崎季光同心が四郎兵衛らよりひと足先に御用船で長命寺を去っていたから、村崎の口から、長命寺での戦いの結末を知り、浄閑寺での弔いを察したのだろうか。

「付き添いご苦労にございました」

長吉が船着場に下りてきて四郎兵衛と幹次郎に声をかけ、若い衆を指揮して中林与五郎の亡骸を船から戸板に移した。

「村崎様のお手配か」

四郎兵衛が長吉に訊くと、

「へえ」

と返答をした小頭が、

「いったん面番所に顔を出された村崎様は松江藩に祝いを言いに行くといそいそと出ていかれました」

「ほうほう、なんとも鼻が利く御仁よ。こたびの仇討を面番所が仕切ったことをわざわざ告げ知らせに行かれたか」

「礼の金をいくらかでもせしめて、今後松江藩に出入りができればって魂胆じゃございませんか」

「ふだんからさように目端が利くとよいのですがな、金の匂いがするときばかり機敏に動かれる」

四郎兵衛が苦笑いし、雪の土手道を上った。

中林与五郎の亡骸は会所の衆によって湯灌場に運ばれ、体が清められることになった。

四郎兵衛と幹次郎は庫裏に通され、納所坊主の光悦が、

「雪の仇討、さぞ体が冷えられたことでしょう。今朝は寒いゆえ、和尚に命じられ、幸い湯が沸いております。七代目、まずは湯に入られませぬか。風邪でも引いてはなりません」

「なんと湯が頂戴できますか、神守様、その誘惑には抗し切れませせぬな、お言葉

ゆえ遠慮なく馳走になりませぬか」

四郎兵衛と一緒に幹次郎は、浄閑寺の湯殿に案内された。

ふたりがかかり湯を使い、冷え切った体を湯に浸してほっと一息ついたとき、脱衣場に人の気配がして長吉の声がした。

「七代目、一碧楼の番頭さんが見えて、女郎のあざみが中林与五郎様になんとしてもお別れを言いたいそうな、廓を出させてもらえぬかと訴えております。いかが取り計らいましょうか」

と問うた。

「ほう、あざみさんがな。こちらもえらく気が利くことよ」

と呟いた四郎兵衛が、

「小頭、そなたと番頭が付き添ってあざみさんを寺に来させなされ」

と許した。

「へえ」

と畏まった長吉の気配が消えた。

「一碧楼のあざみさんをよう知りませぬ。七代目は知っておいでですか」

「いや、わしもようは知りませぬ。名はこたびのことで聞いただけで顔など覚えがありませぬ。忠也様が惚れて通うくらいゆえ、気立ては悪い女ではありますまいがな、それにしても気が利き過ぎますな」

四郎兵衛もどこか訝しげに応じたものだ。

ふたりがたっぷりと湯に浸かって体を温め、衣服を着直して本堂に向かうと、すでに体を清められた中林与五郎の亡骸は経帷子を着せられてその場にあった。浄閑寺と吉原との関わりがなければ、願人坊主の中林与五郎が浄閑寺の本堂で供養などしてもらえるわけもない。

遊女のあざみはすでにいた。

客の溝呂木忠也の大事に徹宵したらしく素顔に疲れを留めていた。が、同時に忠也が本懐を遂げた知らせに安堵している様子もあった。

あざみは二十歳前後か、さして美形というわけではないが聡明そうな表情の遊女だった。驚いたことに傍らに汀女が従っていた。

「頭取、幹どの、ご苦労に存じました」

汀女が挨拶し、傍らのあざみに視線を向け、

「四郎兵衛様、格別なお計らい、あざみ、生涯忘れることはございません」

あざみが頭を下げた。

「姉様、あざみさんを承知か」

「幹どのはご存じございませんでしたか。あざみさんは私の弟子にございますよ」

「なに、姉様の手習い塾の門弟であったか。それは知らなんだ」

「入門されたのは最近のことです」

幹次郎は、あざみが中林与五郎に別れを告げに来たのは汀女の忠言があってのことかと思った。

四郎兵衛が本堂に入ってきた住職を見て、

「和尚、湯を馳走に与り、生き返りました、お礼を申します。さあて、亡き中林与五郎さんの弔いを願いましょうかな」

と願った。

会葬者は吉原の関わりの者ばかり十人ほどの弔いだったが、終始厳かに行われて終わった。

埋葬には長吉らが立ち会うということで、四郎兵衛、幹次郎と汀女、それにあざみと一碧楼の番頭の五人はひと足先に雪の日本堤を歩いて吉原に向かった。

「頭取、神守様、格別なお計らい、有難うございました」

あざみが改めて仇討に立ち会ったふたりに礼を述べた上で、

「長命寺の仇討の模様、聞いたな」

四郎兵衛が質した。

「忠也様が怪我もなく本懐を遂げられたとだけ、長吉さんから聞かされております」

「そうか」

「七代目、忠也様はようも見事に仇を討たれました」

答えるあざみの口調には驚きがあった。

「あざみ、溝呂木忠也様は、仇討などしとうはなかったと聞いたがそれは真か」

あざみの口から答えはしばし返ってこなかった。そして、覚悟をしたように口を開いた。

「碁に狂った親父様が引き起こした騒ぎ、相手の中林与五郎様には恨みを抱く気持ちはないと漏らされておりました。されど溝呂木家を再興するためにはどうしても仇を討たねばならぬ。私の剣術の腕前で居合の達人の中林与五郎を討てはせぬのにとも言われておりました」

「仲之町で中林与五郎さんに会うたのは偶然であろうな」

「と思います。忠也様は五日後の約束をして楼を出られた矢先に中林様に出会うたのです」

とはっきりと言い切った。

「忠也様のほうから声をかけねば仇討はなかったかもしれぬな」

と呟いた四郎兵衛が、

「あざみさん、そなた、中林与五郎様に面会を求めたそうじゃな。忠也様の指図で会うたか」

「いえ、忠也様には昨日会うたきり、文が届いたりしたことはございません」

「そなたひとりの気持ちで面会したというか」

あざみがちらりと汀女を見た。

「姉様、あざみさんになんぞ忠言されたか」

「差し出がましいこととは存じましたが、あざみさんに相談されてふと思いついて、中林与五郎様に会うてみてはと言いました。されど七代目、幹どの、あざみさんは決して仇討に際して、中林様に手を抜いてほしいなどと頼んだのではございません」

「ほう」

四郎兵衛があざみを見た。

一行は雪を被った見返り柳の辻に来ていた。五人の前に緩く蛇行して衣紋坂が下っていた。

「汀女先生は中林様にお会いしたら、ただ尋常の勝負をお願い申しなさいと言われました」

「中林様はなんと答えられたな」

「相手には助け人があろう。私は私の本分を尽くすのみとだけ答えられました」

「そのことを溝呂木忠也様に知らせたか」

「鷲神社のお札をお屋敷に届けていただきました。その折り、文を一緒につけましたが、中林与五郎様に会うたことには触れておりませぬ。ただ、力を尽くして戦（たたこ）うてくだされ、あざみは、どのようなことがあろうと生涯あなた様のことを思うて生きて参りますと記しただけです」

四郎兵衛がただ頷いた。

一碧楼のあざみと番頭とは会所の前で別れた。

「長い一夜でございましたな」

四郎兵衛がいつもの坪庭に面した座敷に落ち着いたとき、幹次郎に言いかけた。

「四郎兵衛様、どのようなお叱りも覚悟しております」

汀女が四郎兵衛の前に改めて頭を下げた。

「なんぞ叱りを受けることをなされましたかな。長命寺では討つ側討たれる側、一対一の尋常の勝負が行われました。勝負の綾は、忠也様が助け人を断わった一事のみです。助け人を頼りに戦うたなれば大勢の死人と怪我人が出たは必定にございました、そうでございましょう、神守様」

「いかにもさようです」

「これでよかったのです、汀女先生」

四郎兵衛の言葉に汀女が黙って頭を下げ続けた。

「長命寺の仇討、読売なんぞが書き立てましょうが、もはや真実とは関わりなきこと。はっきりとしておることは、あざみさんのもとに溝呂木忠也様は戻ってこないということでしょうか」

「さあてどうでしょうか」

「おや、神守様は忠也様が吉原を訪ねてくると申されますか」

「このままでは済まぬような気がします」

「ほう、神守夫婦大明神のご託宣はよう当たりますでな」

と微笑んだ四郎兵衛が煙草盆を引き寄せ、

「今ごろ、番方とお芳さんも雪の道中をしておりましょうかな。江戸が雪です、下野はもっと寒うござい ましょう」

とどこか遠くを見る眼差しをした。

「寒うても暑うてもおふたりなれば幸せにございましょう」

「いかにもいかにも」

と応じた四郎兵衛が、

「こちらのふたりも長屋に戻られて、しばし体を休めておいでなされ」

と幹次郎と汀女に命じた。

その夕刻、幹次郎は長屋を出るとまだ雪が残る日本堤に出た。

冷たい風が幹次郎の頬を撫でていく。土手の枯れ木に雀が二羽身を寄せ合って止まっていた。

なに想う　番(つが)いの雀　残り雪

これは駄句とも呼べぬひどい五七五じゃと自分でも思った。俳人ではなし、吉原会所の裏同心に過ぎぬ、と言い訳しつつ幹次郎は歩き出した。

大門の前に乗物が停まり、会所の敷居を跨ぐと土間の火鉢の周りに武家が何人か待機していた。

幹次郎が一礼すると相手も会釈を返してきた。

奥から姿を見せた長吉が、

「神守様、ただ今迎えを出そうとしていたところです」

と言った。

「なんぞ異変か」

「いえ、松江藩江戸家老の朝原様が会所を訪ねられ、七代目と会うておられます」

「松江藩のご家中の方々でしたか」

土間に待機する武家の身許が長吉の言葉で分かった。

「神守様、奥へ」

「それがしに同席せよと」

「七代目の命にございます」

長吉の言葉に奥座敷に向かうとでっぷりと太った初老の武家が四郎兵衛と談笑していた。

「おお、よいところに参られましたな。松江藩の江戸家老朝原様にございます」

幹次郎は座敷の端で朝原に一礼した。

「おお、そのほうが会所の裏同心どのか。こたびの一件、いかい世話になったな」

と磊落な口調で幹次郎に話しかけた。

「朝原様、それがし、中林与五郎どのの立会人にございまして、礼を言われる覚えはございませぬが」

「いや、そうではない。溝呂木忠也には助け人がおった、あの者たちが忠也を助けて、中林にそなたが助勢するようなことになれば、血みどろの仇討になったであろう。一対一の勝負になり、松江藩にとって願ってもない結果になった。これは偏に会所とそなたら夫婦がおればこそ、礼を申すぞ」

汀女の働きと中林与五郎が仕込み杖を抜かなかったと思われる推測を四郎兵衛から教えられ、朝原が戦いの真相を知ったようだと、幹次郎は思った。

「神守様、あなた様方の勘が当たりました」

「勘が当たったとはどういうことにございますか」

「あざみさんが落籍されます」

四郎兵衛の突然の言葉に幹次郎はなにが起こったか理解できなかった。

「いや、仇討の結果に殿もいたく喜ばれてな、溝呂木家の再興を許されたがのう、なんと当人の忠也がうんとは言わず、このまま浪々の身を続けると言い出しおった。読売は忠也の見事な仇討を書き立て、松江藩の処遇を江戸じゅうが見守っているというのに仇討を果たした者が藩に戻らぬではわれら松江藩の立場もない。そこであれこれと忠也を質してみると、藩に戻ればあざみなる遊女と会うことも叶わぬ。そこで浪人のままで市井に暮らしながら、あざみと時に会う暮らしを続けたいと言いおるという。家中であれこれ話し合い、あざみなる遊女がしっかりとした女なれば、吉原を落籍させた上で家中のどこぞの家の養女としたのち、忠也と一緒にすることを考え、殿に相談申し上げたところ、こたびの仇討、その女の助勢があればこそ果たし得た快挙、遊女を身請けして忠也と所帯を持たせよとのご返答を得た。そこでかく吉原を訪ねて、四郎兵衛にあざみについて訊くと、そなたの女房どのにあれこれと指導を受けたなかなかの利発者と知れた。そんなわけでな、直ぐに楼に命じて、あざみを吉原から出すことにした」

「それを知った忠也様もあざみさんも大喜びにございましょうな」

「これで松江藩の評判が江戸で一段と上がろう」

と宣うた朝原が、

「そなたの女房どのは武家の出じゃそうな。あざみに武家の女の諸々を教えてくれぬかと伝えてくれ」

と言い残した朝原が上機嫌で立ち上がった。

吉原会所から松江藩の一行が消え、その後に改めて一碧楼の主の太郎吉とあざみが会所に呼ばれた。

あざみは思いがけない展開に顔が上気していた。

「七代目、うちのような中見世にかような福の神が舞い込むなんてびっくり仰天ですよ」

と太郎吉がまだ信じられないという顔で言った。

「あざみさん、そなたもこれでよいのじゃな」

「忠也様がよいと言われるならば私は従います」

「あざみさん、武家奉公じゃ、よいことばかりではないぞ。辛いこともあると覚悟しなされ、その上での決断じゃな」

「四郎兵衛様、忠也様と一緒なれば」

四郎兵衛の念押しにあざみが答えて、遊女あざみの落籍が決まった。

「ならば今宵から料理茶屋山口巴屋にあざみさんを預けて、いささか即席ですがな、武家の女房の作法仕来たりなどがどのようなものか、汀女先生から教えてもらいましょうかな」

四郎兵衛が決断して、即刻あざみは吉原を出ることになった。

四

正月気分は藪入りとともに終わりを告げ、いつもの吉原が戻ってきた。

番方の仙右衛門とお芳は下野今市外れの故郷や柴田相庵の先祖の地を訪ね歩いているのか、音沙汰もない。ふたりが元気に吉原に戻ってくるまでに六、七日は要そうと会所のだれもが考えていた。

そんな長閑な吉原の大門を朝稽古の帰りに潜った幹次郎は、村崎季光同心に捉まった。

「裏同心どの、朝っぱらから上気した顔をしておるが、どこぞに囲った美形と夜通し一戦を交えてきたか」

と大声で尋ねた。

「村崎どの、明日ご一緒しませぬか」

「なにっ、そなたの隠宅にそれがしを招いてくれるというか。その家には妹かなにか若い娘がおろうな。そなたが楽しむのを見ておるだけではつまらんでな」

「相手する者は大勢おります、若い者から年寄りまでな」

「年寄りはいかぬ。若いほうがよいな、そう十七、八のおぼこがよいな」

と村崎同心は面番所から出てきて幹次郎に迫った。

「明朝、七つ半、わが長屋の木戸でお待ちします」

「七つ半とはまた早いな。まあ、朝の間に浮気をするとは汀女先生も想像もすまいからな。よし、偶には早起き致すか。無精髭を髪結床であたってもらい、そうだ、形は同心の巻羽織では野暮じゃな、どうしたものか」

「稽古着を持参してくだされ」

「なにっ、稽古着が要るのか。変わった妾宅じゃな。なんぞ趣向があるのかな」

「趣向などございません。下谷山崎町の津島傳兵衛道場は体をぶつけ合っての猛稽古が名物、きっと村崎どのにも気に入ってもらえましょう」

「な、なにっ、剣道場にそれがしを連れていこうというのか」

「いけませぬか。面番所隠密廻り同心もときに体をいじめておかぬといざというときに役に立ちませぬ。若い連中相手に二刻（四時間）も動き回りますと体内の毒がすっきりと抜けて、気分爽快にございます」

「お、おぬし、それがしが申すことを勘違いしておらぬか」

「えっ、稽古の話ではございませぬので」

「裏同心め、この村崎季光をからかいおったか」

「冗談を仰いますな。明朝、七つ半にございますぞ、わが長屋の木戸口で待ちます」

「だ、だれが剣術の稽古に行くと申した」

村崎同心はぷんぷんと怒って面番所に戻っていった。

幹次郎は踵を返すと吉原会所の閉じられた腰高障子を開いて広土間に入った。すると火鉢の周りで鏡餅を欠いたものを焼きながら、小頭の長吉らがにやにやと笑って見せた。その傍らで白犬の遠助がなんとなく会所の飼犬の体で丸まっていた。

餅には醤油が塗られてなんとも香ばしい匂いが会所に漂っていた。

「村崎様、神守様に体よくからかわれておりましたな」

「小頭、からかうなど滅相（めっそう）もない。朝稽古にお誘いしたのですが、なぜか気分を害されたようです」

ふっふっふ

会所の連中が含み笑いをして金次が、

「これほど人が悪いとは思わなかった、神守様にはこれから気をつけよ」

と独り言（ご）ちた。

「金次、村崎同心に代わって朝稽古に行きますか」

「ご、御免こうむります」

「金次、津島道場で揉まれてこい」

と長吉が笑い、

「じょ、冗談じゃない。津島道場は江戸でも一といって二と下らない荒稽古の剣道場ですよ。おれなんか、半刻で足腰が立たなくなっちまうよ」

と真剣に幹次郎に誘われることを案じた。

火鉢の網の上の餅がぷうっとふくれた。

「神守様、食べますかい」

「ちょうど腹が減っておる、頂戴してよいか」

長吉が小皿に焼き立ての餅を載せて幹次郎に差し出した。

「あとから来て先に食して悪いな」

「稽古のあとの餅です、これほどの美味はございますまい」

幹次郎は上がり框に腰を下ろして、頂戴すると呟くと餅を口に含んだ。あつあつの餅に醤油が絡んでなんとも美味かった。

「正月が去りゆく香りが致す」

と幹次郎が餅を食い終えたとき、会所の表に人影が立ち、障子が開かれた。

「おや、三浦屋の安さんか、どうだい、餅を食うかえ」

長吉が声をかけた。

「餅もいいけどさ、なんとかしてもらえませんかね」

「なんとかとはなんだい」

と長吉が答えて、大楼三浦屋の二階廻しの安三郎を見た。

「山口巴屋さんから回ってきた、どこぞの若旦那ですよ。萩野さんの寝間から出てこようとしないんですよ。居続けとは聞いてないけどな」

長吉の視線が幹次郎を見た。

「なに、まだ竹松は三浦屋さんに登楼したままか。とっくの昔に馬喰町に戻ったとばかり思うていたが」

「わっしもうっかりしておりました」

と長吉が言った。

「会所からの口利きですしね、山口巴屋さんから回ってきた客だ。そう無下にもできませんや。それに萩野も萩野でね、えらく若旦那にご執心で床から出てこようとしないんですよ。昨夜はお互いに一睡もしていないんじゃありませんかね。他の者にも示しがつきませんや」

「それは三浦屋に迷惑をかけてしまったな。どうしたものか」

と思案してみたが幹次郎にもいい考えは浮かばない。

「竹松の若旦那、当分使いものになりませんぜ」

「長吉どの、なんぞ思案はないか」

「ともかく床から出して吉原の外に連れ出すことですね」

「よし、それがしが参ろう」

責任を感じた幹次郎は立ち上がった。

三浦屋ではすでに朋輩女郎たちは二度寝から覚めて湯に入ったり、朝餉を食したりしていたが、二階のその座敷だけは襖が閉じられて、しいーんとしていた。

遣手のおかねが思案投げ首の体で大廊下に立っていた。

「迷惑をかけておるな」

幹次郎は海千山千の遣手に詫びた。

「萩野も萩野ですよ、客の扱いくらい十分承知しているはずなのに、一緒になって楽しんじゃって、呆れたもんですよ。会所の口利きでなければ早々に追い出すところですがね」

「面倒をかけてすまぬ」

「萩野ったら薄墨太夫に可愛がられているもんだから、調子に乗っておるのですよ。今日はしっかりと締め上げてやります」

と腕を撫した。

「おかねさん、こんどだけは見逃してくれぬか。悪いのはそれがしでな。ともかく客を連れ戻るでな」

「会所の裏同心さんもあれこれと苦労しますね、吉原の太夫から奥山の出刃打ち芸人まで面倒みるのだから、体がいくつあっても足りますまい」

「それもこれも会所の御用ゆえじゃぞ」

「そう聞いておきましょうかね」

と吉原に長年巣くう遣手が言い、にやりと笑った。

「どこの若旦那か知りませんがね、床から引きずり出すのはひと苦労ですよ」

「なにかいい手はないか」

「あればやっております」

「であろうな」

幹次郎は和泉守藤原兼定を片手に控え座敷にまず入り、廊下との仕切りの襖を閉じようとした。するとおかねが幹次郎の顔を見ながら、

「お手並み拝見」

と言い、その顔が閉じた襖の向こうに消えた。

寝間からぼそぼそと話す声が聞こえてきた。

竹松が喋り、なにか萩野が応じていた。なんとも長閑で楽しげな問答に聞こえた。

三浦屋の二階のこの座敷だけに別の刻限が流れていた。

「竹松」

と幹次郎が襖の前に座して呼びかけた。

寝間のふたりの声がやんだ。

「竹松、吉原を去る刻限はとっくに過ぎておる」

襖の向こうは沈黙したままだ。

「そなた、念願の夢を果たしたであろう。この背後で親方夫婦をはじめ、三浦屋の人々、山口巴屋さんと多くの方々が無償で動いてくれたお陰だ。その厚意の数々を裏切る真似をしてはならぬ。吉原は夢の遊里、一時の幻を見る場じゃ。夢幻なれば朝になれば覚める。竹松、帰り仕度をなせ、奉公する親方のもとに戻り、また夢の遊里に戻ってこられるように額に汗して働け。それが遊女の務めを忘れて尽くしてくれた萩野さんへの礼儀じゃ、分かるな」

幹次郎は襖の向こうの竹松に切々と言い聞かせた。

身を固くして幹次郎の言葉を聞いている気配はみえた。だが、必死で覚めた夢にすがろうとしている気持ちも窺えた。

(荒療治しかないか)

幹次郎は覚悟した。

「竹松、親方にも萩野にも申し訳が立たぬ。それがしが口利きをした話、それがしが結末をつけるしかあるまい。斬る、覚悟せえ」

がらりと襖を開くと傍らの藤原兼定を片手に敷居を越えて、ふたりが籠っている枕元に膝行すると、

「竹松、覚悟！」

と宣告すると片膝を立てて刃渡り二尺三寸七分（約七十二センチ）の兼定を抜き放ち、ふたりの並んだ頭の真上に振りかぶった。

「ああ」

と竹松が悲鳴を上げた。

幹次郎は肚に力を溜めた。

ちぇーすと！

幹次郎の口から怪鳥の鳴き声を想像させる声が発せられた。

薩摩示現流の裂帛の気合がびりびりと三浦屋の建物を振動させて、振り下ろされた。

竹松と萩野が両目を見開いて恐怖に顔を引きつらせた。だが、ふたりが意識をなんとか保っていたのはその瞬間までだ。

ふたりの体が一瞬竦んで、ことんと失神した。

幹次郎が振り下ろした刃はふたりの恐怖の顔の前、紙一重で止まっていた。

「あわあわわ」

と廊下で声がして、

「か、神守様、ふたりを斬り殺しちまったか」

と腰を抜かした体の遣手のおかねが廊下の襖を開いて座敷に這いずってきた。

片膝を立てた幹次郎が鞘に藤原兼定を納めると、腰に戻し、

「客を頂戴して参る。夜具を一枚借り受けるぞ」

と言うと竹松の下帯だけの体を掛け布団で包み、肩に担ぎ上げた。

「は、萩野は」

「そのうち目覚めよう。しばらくこのままにしておいてくれぬか」

と言い残した幹次郎は竹松のぐったりとした体を担いで廊下から大階段に向かった。廊下のあちらこちらから遊女たちが顔を覗かせていたが、薄墨太夫の姿はない。

「騒がせたな」

と詫びた幹次郎は大階段を下りると三浦屋の土間に下りて、

「御免」

の一語を言い残すと表に出た。

長閑な春の日差しが仲之町に降り注いでいた。

初春は　夢かうつつか　仲之町

ただ幹次郎の胸の中で言葉が散らかり、消えた。

引手茶屋山口巴屋に竹松を連れ込むと玉藻らが、

「あれあれ」

と幹次郎を迎えた。

「玉藻さん、この者の形を元に戻したいのじゃが」

「気を失った者を着替えさせるのは大変にございますよ。湯に入れましょうか、さすれば意識を取り戻しましょう」

「いや、正体をなくしたまま馬喰町に連れ戻し、あちらで意識を取り戻させます。初夢を見たと思うて、明日からまたふだんの暮らしに戻ることを願います。そうでなければ大勢の人々の厚意に報いたことになりませぬ。ただ迷惑をかけただけで終わる」

「着替えは私どもに任せてください」

と玉藻が男衆に命じて、竹松は意識をなくしたままにお仕着せ姿に戻された。

竹松は着替えをさせられてもこんこんと眠っていた。

「神守様、うちの若い衆にお店まで届けさせましょうか」

「いや、それがしが企んだ初夢です、最後まで面倒みます。大門外で駕籠に乗せましてな、同行致します」

「ならばそこまで若い衆に」

幹次郎は気を失ったままの竹松を駕籠に乗せて、ひたひたと馬喰町の虎次の煮売り酒場に向かった。

店に到着したとき、昼の刻限だった。

幹次郎が店を覗き込むと身代わりの左吉がいつもの席で酒を呑んでいた。

「神守様、新年おめでとうございます。年賀の挨拶にはいささか時機を失しましたがな、なにしろこちらは牢屋敷に正月からお籠りでしてな」

と笑いかけた。

「おめでとうござる」

幹次郎は駕籠屋に酒手を含めて雇い料を支払い、すだれを上げて竹松の体をふたたび肩に担ぎ上げた。

「おや、竹松め、女郎の手管にめろめろになり、腑抜けになりましたか」

「全くもってそんな具合でな」

と竹松の体を小上がりに横たえると虎次が台所から姿を見せて、

「こいつ、なにをやらかしたんで」

と不安げな様子で訊いた。

「萩野との一夜に名残りがつきぬようでな」

幹次郎は事情を話した。

「竹松め、もとに戻りますかね」

「だれもが通ってきた道だ。親方にも覚えがあろう」

「わっしは吉原の大見世三浦屋なんてところで筆おろしをしたわけではございませんや。櫓下のすべた女郎の肌に触ったかどうか、下っ腹が一瞬の間に温かくなったようで直ぐに冷たくなってさ、表に追い出されておりましたよ。なんともわびしい気持ちだけを覚えております。竹松には吉原は毒でございましたかね」

「それでは困ります。皆の親切を徒にすることになる。二、三日、ぼおっとしてましょうが、そのうち、ふだんの竹松に戻ろうと思う」

「そうでなければ神守様も堪りませんや、ここは親方とわっしらが締め上げますんでね、お任せください」

と左吉が言い、

「遅まきながら新年のご挨拶に」

と杯を幹次郎に差し出した。

「左吉さん、燗を新しくつけた酒で口直しをしてくんな。今日は神守様も左吉さんも好きなだけ、呑んでいいからさ。竹松が一人前の大人になった礼だ、呑み代は要らねえよ」

と虎次が言った。

直ぐに新しい燗酒が運ばれてきて、左吉が幹次郎の杯を満たしてくれた。

「親方もどうだえ」

「竹松が男になった祝いにか」

「まあ、そんなとこだ」

男三人が杯の酒を干したとき、

「竹松、正月早々から呆けたか。小上がりなんぞで眠りやがって、風邪を引くぞ」

と名を呼んだ。

「は、萩野さん」

と言って竹松が小上がりで意識を取り戻し、

「ううーん」

「はああ、親方。どうしておれはここにいるんだ」

「ここにいるんだって、虎次親方の奉公人が店にいるのは当たり前のことだ」

と左吉が言った。

「そ、そんな、おれ、吉原のお女郎さんの寝床に」

「なに、戯言を言っているんだよ、裏に行って冷たい水で面を洗ってこい。ががた抜かすと店から叩き出すぞ」

虎次親方に怒鳴りつけられた竹松が首を捻りながら、幹次郎の顔を見た。

「よう寝ておったようだな、夢でも見たか」

「夢だって、嘘だろ」

「ではなんだ」

竹松が訝しそうに辺りを見廻していたが、

「夢か、覚めなきゃよかったよ」

とぶつぶつ言いながら店から姿を消した。

「当分半人前だな」

「正気を取り戻したときに小僧から料理人見習いにしますよ」

と虎次が言い、

「夢か、夢を見ていられた若えころに戻りたいや」

と独り言ちた。

幹次郎は仙右衛門とお芳が手に手を取って旅している光景を脳裏に思い描いていた。

二〇一二年三月　光文社文庫刊

光文社文庫

長編時代小説
仇討(あだうち) 吉原裏同心(よしわらうらどうしん)(16) 決定版
著者 佐伯泰英(さえきやすひで)

2022年11月20日 初版1刷発行

発行者 鈴木広和
印刷 萩原印刷
製本 ナショナル製本

発行所 株式会社 光文社
〒112-8011 東京都文京区音羽1-16-6
電話 (03)5395-8149 編集部
8116 書籍販売部
8125 業務部

© Yasuhide Saeki 2022
落丁本・乱丁本は業務部にご連絡くだされば、お取替えいたします。
ISBN978-4-334-79413-2 Printed in Japan

R <日本複製権センター委託出版物>
本書の無断複写複製（コピー）は著作権法上での例外を除き禁じられています。本書をコピーされる場合は、そのつど事前に、日本複製権センター（☎03-6809-1281、e-mail : jrrc_info@jrrc.or.jp）の許諾を得てください。

組版 萩原印刷

本書の電子化は私的使用に限り、著作権法上認められています。ただし代行業者等の第三者による電子データ化及び電子書籍化は、いかなる場合も認められておりません。